小野散文

在蘋果樹下躲雨

麥當勞隨筆

小野／著

風格館<風格櫥窗>小野作品⑨

在蘋果樹下躲雨

作　　者／小野
主　　編／楊淑慧
責任編輯／陳秋松、葉憶華、駱以軍
發 行 人／王榮文
出版發行／遠流出版事業股份有限公司
台北市汀州路三段184號七樓之5
郵撥／0189456-1
電話／2365-1212　傳真／2365-7979

排　　版／鑫上統股份有限公司
印　　刷／鴻柏印刷事業股份有限公司
□1980年7月16日初版一刷
□1994年11月16日初版四刷
□1997年4月1日二版一刷
□2000年11月10日二版四刷
行政院新聞局局版臺業自第1295號
特價160元（缺頁或破損的書，請寄回更換）

ISBN 957-32-3199-9

出版緣起

王榮文

一九八八年，遠流「小說館」成立。一九九六年夏天，也就是八年之後，我們推出「風格館」。在這整整八年間，我們恰可藉著「館」的建築暗喻、館名的更迭，反省「館」蘊含的收藏、秘存、經典文化及市民性格的空間思維，與閱讀背後挾帶的文化氛圍，又遭遇哪些變形和迷思。

一、由「館」的文類思維→「走鄉式」的文類思維：九〇年以前「小說」「散文」「詩」「評論」等區塊式文學分類已界限模糊。甚至如五〇年代「反共文學」、六〇年代「現代文學」、七〇年代「鄉土文學」，這種由文學史或文學論戰所暗示的文學版圖，在九〇年代後輪廓盡失。閱讀的消費性格強迫出版者更多元地替作品搭架細膩的閱讀情調。

二、由「館」的閱讀習慣→「街道式」閱讀習慣：「館」所暗示的，「私房書」式的私密閱讀空間，成爲公眾的、網路連線的符號傳遞和重組。閱讀不再是穩定的線性時間經驗；可能是任意切換、在對話中跳躍的即興空間。

三、由「館」的大師期待→「櫥窗式」的極度風格化：創作者不再苦苦排隊擠進大師的祭壇。而是更自由、眞誠地與當代文化情調、進行一場符號的舞蹈。極度風格化使僵化的閱讀口味在精緻的味蕾刺激中復甦：流行——小眾；通俗——嚴肅的對峙僵局被打破；「風格」成爲符號氾濫中唯一能確定的價值。

文類交媾的結果，使得我們無法按圖索驥、對號入座。「文學」成爲更多陌生孤立、無法況描的感性迷宮。孤寂、華麗、身體政治、性別扮串、符號爆炸下的死灰經驗、歷史的荒原……太多無法以古典修辭勾勒的邊緣情境、在遺失圖標的書寫蕪廊和斷臍的文學記憶裡漂浮。我們的作家早已離席，在文字的化妝舞會後臺挑揀著雜堆在一起的野戰服、芭蕾舞鞋、外穿內衣、塑膠材質婚紗和湘繡拳擊手套——而我們仍粗暴呆滯地枯候在標示著「小說」、「散文」、「詩」、「評論」的劇院出口等待獻花？

當強調本文厚度與多重層架的百貨公司型大師不再，作家更常成爲自己文字小型精品店的主人時，遠流「風格館」的開館，或不僅僅意味著爲錯愕在斑駁錯置柔腸寸斷的文學廢墟前的讀者重繪地圖；或是替扮像撲朔的作者量身打造戲服與臉譜；更多一些的心情是：當文學經典的權威性開始鬆動、公私場域的語言策略即興地交替、挪借；當我們意會到「嚴肅——通俗」、「大眾——小眾」的邊界接縫，開始冒出一些更幽微異魅的奇花異卉，我們願意把書的閱讀，視爲一種空間的闖入和停留——在這裡，可以有一些記憶的迷途；有一些自街道轉角或城市角落訝然出現的，你久已羞赧好面對的細緻感動；一些窸窣有聲，在黯黑中輕輕抽長的靈魂藤鬚。

彷彿躑躅默立在風格迴廊的琳瑯櫥窗前，無法決定該推哪一扇門進去。

五則廣告和五封信的故事

——《在蘋果樹下躲雨》序

小野

在重新整理這本散文時，我腦子裡浮現了許許多多的廣告短片，都是二十秒左右的，有清楚的畫面和文案：

(一)一個骨瘦如柴頂著洋裝書奔跑的中國孩子，在傾盆大雨中躲到一棵蘋果樹下，他渾身發抖。

雨停了，他抬頭看著樹上鮮紅的蘋果。兩個頑皮的金髮碧眼小孩跑來，相互搖撼著蘋果樹發出快樂的笑聲。

倒霉的又是那個想躲雨的中國孩子，反而被那些從樹上搖下來的大量雨水淋得渾身濕透。

一把大傘適時的伸進來：

「去美國唸書，請別忘了投保××人壽保險，你就不用擔心被淋濕了。」

(二)綠草如茵的拉薩爾湖出現了三隻大白鵝，在陽光下悠遊自在。

一個獵人拿來一個網，慢慢靠近湖畔，正要撒出手中的網，一群學生對著三隻大白鵝喊：Mr. Brown

大白鵝無動於衷。（沒有飛走）

下一個畫面是大白鵝正被大火燒烤得滴出油來，很美味的樣子。

一包速食麵出現，大白鵝飛進去：

「中華辣味鵝肉麵，辣得夠味。」

一排小字：「中國人吃的藝術」

(三)兩輛迎面而來的轎車相撞，碰的一聲。

救護車駛入畫面。

一個被抬走的人，手垂下來。

下一個畫面是那個人坐在一戶人家外面，那家人正在佈置著金銀花球的聖誕樹，還有紅色的鋼琴，傳出愉悅的琴音：

「家，才是我人生最後的堡壘。」

畫面變成一幢幢歐式建築，一排字：「××高速公路交流道東方德州專案，等待最後的七位貴族牛仔當主人」

(四)一個手持卡片的東方女孩抬頭挺胸走著，一排男士尾隨其後，做出那種小狗垂涎欲滴的飢渴模樣。

東方女孩忽然轉身面對畫面，用不太標準的洋腔國語說：

「你想要移民嗎？你想要換一個更適合人居住的地方嗎？請到××移民服務中心。」

(五)在一個外面飄著雪，屋裡開著暖氣的書房裡，一個滿臉鬍髭的中年人在翻著一本英文的《有機化學》，不時的在一些公式和方程式上用紅色的蠟筆圈著，然後寫上一個中文字：「背」、「背」、「背」。

鏡頭的焦距對準那個紅色的「背」字，聲音是：

「人到中年，開車熬夜，兩眼昏花，請喝一瓶——鐵牛牌維你露B」

英文字母「B」——發出像「背」的聲音。

紅色中國字「背」和英文字母「B」同時出現在最後一格畫面。

以上這些畫面是分別從〈在蘋果樹下躲雨〉、〈鵝從天上來〉、〈躺在通往湖濱的路上〉、〈快來追求有卡的瑪麗〉、〈我看到一個紅色的「背」字〉等五篇散文中隨意聯想的。於是我這才發現這本書所描述的，幾乎都是一些動感十足的畫面，如果能換個角度看，並不是很沉重的東西。

可是在過去，我是用很沉重的心情來看待這些文字，所以我會用「微弱的訊息」這樣的字眼來形容這些曾經是《麥當奴隨筆》的散文。我曾經伏案痛哭，只爲了寫出胸口中的塊壘，如今，從《麥當奴隨筆》到《鵝從天上來》，再到這一次的新版本，我已不再有淚。

在這次的新版中，我特別在前面放了五封信，包括我寫給妻子的，寫給當初推薦我出國唸書的薛老師，寫給我在美國的系主任，還有就是在美國唸書時所結交的朋友寫給我的兩封，我的目的是更完整的呈現這本書想表達的內容。

最近打開電視，常常可以看到當初和我一起在麥當勞宿舍唸書的同學，有的已經回國當上大學系主任、教授了，有的留在美國當××會的會長了，有的變成了炒房地產、地皮的專家，回顧當年共同鼓勵扶持的日子，有辛酸，也有喜悅。

用這本書紀念曾經擁有的友情和一直還在的愛情，也用這本書送給那些正在美國，或正想去美國的孩子。

一九九〇．六．五．台北

目次

在蘋果樹下躲雨　麥當勞隨筆

麥當勞隨筆

五封短信

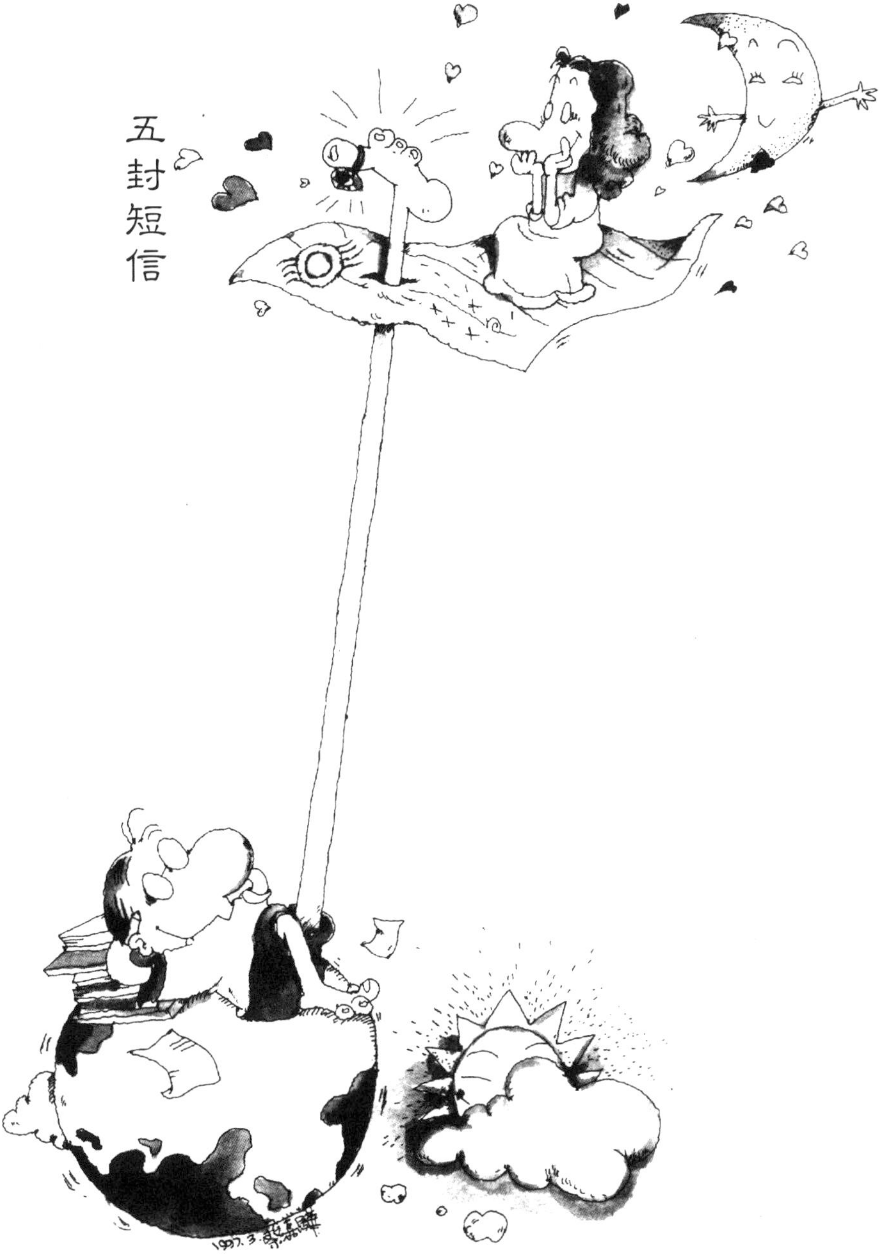

我決定把戒指戴到腳趾頭上

1.

親愛的：

也許是要下雪了，下午去郵包內拿你的來信時戒指又掉了，越急越找不到，最後在自己的靴子內找到。連同上午在餐廳又掉的一次，這一週內掉了四次。天氣太冷，手指縮小，戒指變鬆，不經過你的同意，我決定把戒指戴到中指一勞永逸。

你愚笨的亞當

2.

親愛的：

終於下雪了，可是我晚上洗手時戒指又滑落在水槽內。看情形我要把戒指戴到腳趾頭上，因為就是掉了也會掉在靴子底，這叫愛你愛到「底」。

你愚笨的亞當

那些纏纏繞繞的原子分子啊

薛老師：

我趁洗衣機洗衣服的時間，穿上在地攤上買來的舊大衣到校園散步。今夜的霧氣深重，又下了點雪，穿著鬆鬆垮垮的大衣，啃著蘋果，想著那個印度籍的教授Bahl每回在黑板上解著一些新的glycoprotein時，總是吐著紫紅的大舌頭說——偉大的分子生物啊——

我們每天都面對著那些纏纏繞繞的原子、分子的結構、電位、角度，想瞭解生命最微細的本質。

我喜歡觀察生命的誕生與自然環境中的生存，尤其是在季節變換中候鳥的大遷移，他們的適應……卻不喜歡鑽牛角尖式的一頭栽入纏繞的分子裡。

你忽然決定放棄科學，轉唸神學，是那一種心情呢？

李遠

當你帶我來到一片繁茂的森林前

Dr.Bahl：

我非常抱歉的告訴你，我也許不再回來了。希望將那份獎學金留在系上提供給另外一位比我更適合唸分子生物的研究生了。

我無法很明確的說出我離去的原因——或許思鄉只是其中一部份理由吧。你可以看到我對您所出的十個題目的答案了，你給我幾乎是滿分，換句話說，我似乎應說完全瞭解glycoprotein了，可是，我忽然開始懷疑我這些日子的追求……

你難道認為我們在這樣的學習過程中，果然一步步更瞭解生命的本質了嗎？

我很抱歉自己無法很清楚表達自己內心的疑懼——就像你帶我到一片繁茂的森林前，告訴我如何通過這片森林，當我才走了一半時，我忽然懷疑起自己為什麼要走過這片森林？

你的學生　李

麥當勞只剩本王一人開伙

聖旨到，布法羅前留學生李遠接旨：

自汝棄朕及那些難兄難弟們不顧，獨自回國抱老婆後，吾等在此冰天雪地癡心妄等汝之朝貢，結果汝竟只朝貢三位紙上美女，怎不令朕為之氣絕，淚滴珍珠淚瓶。汝走後，麥當勞只剩本王一人開伙，大小二劉都去吃MEAL SERVICE了，據朕之御廚飛鴿傳書，庫房早已空空，請汝務必在宿舍封關前速寄香菇、冬粉、金針、紫菜、新竹米粉。朕將赦免汝無情之罪。殊不知朕當年在巴西稱王，作威作福，如今落難在此，盼汝為朕一掬同情之淚。

巴西王

請你酌付「遮羞費」

小李子：

每當你的隨筆飄洋過海來到此地，咱們這群麥當勞的弟兄們就要叫苦連天，不敢走到派克路上去苦讀，以免被其他老中指指點點。因此我們決定要你酌付「遮羞費」若干，請閣下衡量輕重支付。

另外要提醒你，我們乃泱泱大國的留學生，個個身懷絕技，請筆下多描述我們英勇對抗小黑鬼和大卵覺的故事。我們將為你物色一位美女，以期能腐蝕你的心，敗了你的德，破壞你們夫妻感情，以消心頭之恨。

一群布法羅孤苦伶仃麥當勞的老中們　敬上

麥當勞隨筆

陽光照在異鄉的綠地上

水牛城紐約州立大學的台灣同學很多，甚至在洗澡時，隔壁都可能正唱著國語的「洗澡歌」。從紐約市告別了思明夫妻和嶠，搭上灰狗巴士就到了這裡，從此一直被一些從台灣來的同學照顧著，他們來接機，帶我熟悉環境，供我吃飯，教我如何使用圖書館，帶我逛商店買一些生活必需品；同寢室的孟加拉人哈山非常羨慕，他說：你不會有思鄉病了，他媽的，到處都是中國人，一堆又一堆。

哈山只帶了一個紅色的小行李，看見我像搬家一樣提了兩大箱行李非常驚訝。我一樣樣拿給他看，其中有一個小小的盒匣子，我告訴他，這是「我國時間」，他沒聽懂，我再進一步解釋：手腕是爸爸自己掛了兩、三年的老錶，已調整成美國時間，而盒匣裡朋友送的小電子鐘，就保持是我們國家的時間，我隨時可以知道我的親人、朋友此時此刻在那塊土地上做些什麼？我問他說，唸完書要不要回去，他笑笑說大概不回去了，我告訴他說，我現在就想回家了。

把錄音機借給哈山，讓他聽他帶來的那些古怪的孟加拉音樂，以消除鄉愁；而自己則面對著那個保有自己國家時間的小電子鐘，讓寂寞像潮水般慢慢捲沒自己——這一刻，我脆弱得像一個孩童，讓淚水在眼眶內溜著轉。我不會告訴哈山說我是多麼有一種要回去的衝動，他不會瞭解的，因爲他說只要離開了巴基斯坦，他不會再回頭。

離台前兩天，躲在棉被內狠狠的大哭了一場，把棉被都浸溼了，也把她嚇壞了，她一直說，不要傻了，不要傻了。夾雜著多少離愁與眷戀，我在最後關頭仍然不願面對就要離開了的事實。離台前一天中午，整個人有一種要發高燒，就要崩潰的感覺，弟弟在我耳畔繼續嘮叨著我那未完成，而要交棒給他和妹妹寫的劇本——《網》，一邊忍著昏眩，一邊提醒他要怎麼寫，那瞬間，有一種想嘔吐的難受，桌上擺著一大疊尚未校對完的書稿《封殺》，那是自己的第三本小說集，也趕著在出國前夕要付印，另外兩個劇本也才交出不到三天，一個曾付出許多心血的影評專欄也尚未接洽好誰來接棒。貓咪就爲我在出國前夕連行李都不打點，還拚命熬夜工作而責怪我，她說：沒有人要出國還像你這個樣子。她更怨我拚命工作，不能挪出時間多陪陪才出生不到幾天就要和爸爸分離的小兒子。

終於昏昏然走進候機室，家人在玻璃門外猛向我揮手，我不敢回頭，機場的服務員看了一下我的護照說——又是一個留學生！好好保重身體，將來回國當國家的中堅。朝她笑笑，仍然不敢再回頭看，只一逕向前走。

離台整整十四天，才收到貓咪第一封日記式的厚信，等不及到圖書館看，就沿著校園街道旁的草坪上坐下去，把沉甸的書包擱在一旁，拆開信封，落在手上一大疊在機場上掛著花圈和家人合照的相片，我簡直不忍多看自己那種潦倒而消瘦的模樣，用顫抖的手捧著她的來信，當我讀到她寫著：

你走以後，我整理你留下的一些舊稿子，一讀再讀，反省你離開前所作的每件事，才知道你的用心。事實會證明你眞正做了些別人辦不到的……。

讀到這段，就再也禁不住那一段長時期的積壓、煎熬和忍耐，讓淚水汨汨的湧出，用袖子拚命揩，揩掉又湧出；陽光照在異鄉的綠地上，再一、兩個月就會有雪了，校園的大巴士一輛接一輛從身旁擦過，轉過身怕被別人見到這副模樣。把信讀完，放回書包，站起來，繼續往圖書館走。湖上飛來的白色海鳥停在草地上，大地一片祥和，可是這畢竟不是屬於我們的，我又拿出小電子鐘來看，此刻是台灣的凌晨五點鐘，媽媽已經起床去參加早覺會了，其他的人呢？想著想著，又有了要回家的衝動，於是我用厚厚的書，把這些念頭壓了回去。仰起頭——日子怎麼過得如此緩慢？在異鄉的日子。

在蘋果樹下躲雨

臨行前，她一再說，記得要買一把好一點的傘，在那個風雪很大的異鄉，得帶一把夠好的傘去，才抵擋得住大風雨。直到上了飛機，仍然沒有時間去挑一把好傘，於是她提醒我，在東京過境的時候，記得買一把帶著。

飛機到了成田機場，有兩小時的休息，找了很久，才找到免稅商店，竟是在海關檢查口之外，於是向日本警察表示我要出去買點東西。在那個徒有其表的一列商店逛了好久，問了好多店員，都沒有賣傘，於是匆匆忙忙又趕回候機室。經過海關時，日本的檢查員猛檢查我身上帶著的錄音機認爲有問題，他用日本式英語，我用中國式英語，兩人無法溝通，摸了好久才放我過去，距離飛機起飛只剩五分鐘，不禁罵了一句台語三字經，才吐了這口悶氣。

到了紐約市友人家，我告訴他們想買傘，他們很驚訝的問，爲什麼只想到買傘，有什麼重要性嗎？

我也答不出來。是不太重要，只是記得她交代過，沒辦成總是像少了件什麼似的。在紐約市，經過百貨行時一直沒再想到買傘，於是就這樣到了水牛城，仍然沒有傘。

在何家住的那一晚，外頭下著很大的雨，何告訴我說，這段日子水牛城一直有雨，我立刻說，我要先買把傘，要好一點的。

何帶我去買枕頭、棉被、衣架時，天氣晴朗，何說，不要買傘，雨衣就夠了，結果沒找到雨衣，就又搬進了宿舍。

她來信時提到一筆：

買到傘了嗎？如果沒有，阿公到日本時替你買一把寄去。如果來不及，就在當地買好了。

在這段心情很陰霾的日子裡，除了無盡的思念和孤寂外，我不知道買傘還有什麼用？日子像氣候一樣乾燥無味，沒有水份，更沒有雨；我日日夜夜走在那條必經之路，連抬頭看人的興趣也沒有。在餐廳吃飯時，看那些美國本地學生大聲的談笑，我只會想——爲什麼讓自己漂泊？讓自己流浪異地？什麼時候這種潮流般的流浪才能終止？什麼時候才沒有割離與容忍？什麼時候我們的年輕人才會認爲留在本土奮鬥比漂洋過海來得有意義？此時的我，又何以會一瞬間要踩踏別人的泥土？要忍受那種深刻到幾乎無法自處的思鄉之情。傘，不想買了，也許不久就要有雪了。

他們說，住在對面的「巴基斯坦王子」終於忍受不住思念妻兒之情，回巴基斯坦去了，他說，明年冬天再來。

和招才分手不到二十天的妻子，也決定放棄了在科羅拉多的學業，投奔到水牛城與丈夫相聚，招正急著找房子。

大家都搖搖頭說，應該再忍一忍，不要衝動。只有我，躲在屋內，拿出她和孩子的照片，想著她在長途電話中的話──如果想回來就回來吧。我們一切可以重新開始。我完全可以體驗到那種所謂的「衝動」了。把照片放回抽屜，又急急忙忙想逃離這幢凌亂的宿舍，可是還有什麼更適合容身的地方呢？從未有過的茫然，像異鄉天空的白雲一般那樣無根無由底飄浮著。

阿拉巴馬大風暴的次日，此地下了一整夜的雨，清晨不再亮得刺眼，只是一陣又一陣掃下來的疾風勁雨。匆匆解決了早餐，在鐵櫃裡翻出一件她買給我的風衣，先把快斷了的書包遮著，再遮上半身，在風雨中狂奔向車站。

我在一棵蘋果樹下避雨，兩個美國學生開玩笑，互相搖撼著蘋果樹，把所有的雨水都淋了下來，原來已溼透了的褲管，現在連風衣都溼了。又忍不住想用台語的三字經罵他們——可是那是美國式的「幽默」，也就搖搖頭，離開了美國蘋果樹的遮蓋。喘口氣後就想到——週末得找莊載我去買把傘，好壞都可以。

爲了找傘，莊和他的妻子、胖小莊三人陪著我逛附近的百貨公司，花了整整一個下午，才在唯一的一家找到一大堆便宜的傘，隨便挑了一把，上面赫然幾個字——台灣製造。在收回傘的時候問自己，我算是找到了可以暫時避雨的傘了嗎？應該是的，我想。

唉，在遙遠的異地，晴也不好，雨也不好，不晴不雨更不好。看著那把並非很精緻耐用的傘，我又不知晚上該做什麼了。

美國的苦栗子

在圖書館裡畫蛋白質的立體螺旋結構，越畫越像想像中的長城，繞啊繞的，無始無終。想到該去找學建築的大劉借製圖工具，於是從圖書館出來跑回「麥當勞」找到他，此時，校園因爲幾場雨而轉寒了，隨時要變臉的那種冷冰冰的。

在那座古老的白色鐘樓底下，陳舊的地板踏上去都會吱吱作響。大劉教我如何使用量角器和其他工具後，我便開始了一整夜的奮鬥，堆砌著那些原子和分子。

從建築系系館出來，大劉和我突然心血來潮，想撿些系館門口的栗子回去弄成西門町的糖炒栗子。此刻外面正下著大雨，天果然變了臉，但在高大而枝葉濃密的栗子樹下卻是有遮蓋的。我們拿著大紙袋，開始沿著路兩邊收撿大顆的栗子，像孩童一般快樂。

捧著一大袋栗子，頂著一頭的雨，我們奔回了宿舍。我開玩笑的說——美國眞是遍地黃金，那麼大的栗子沒人要，光吃這種東西就可以撐一學期了。

回到宿舍的地下室，揩乾了雨水，就攤開白紙繼續未完的功課；大劉就在地下室公用的烤箱中開始他的糖炒栗子，一下子嗶嗶剝剝的，香味四溢。大劉揉著睡眼說：

一小時後我再下來，準備享受美國免費的糖炒栗子。

大劉走後，我拿出一些熬夜的食物——她從台灣寄來的牛肉乾和豆干，邊吃邊寫功課。栗子的香味一直飄過來。很專心的解著題目，宿舍已非常的寂靜，畢竟已是凌晨兩點左右了，雨依然稀稀落落地下著，卻沒什麼聲音。

累積了一個月的作業逼著我不能絲毫分神。不久朱和何下樓煮咖啡，他們也沒睡，準備挑燈夜戰，分了我一杯苦咖啡後，我說，今晚又不再睡了。大家相視苦笑。我又說：

別忘了，半小時後來吃美國的糖炒栗子。

朱和何上樓去了，地下室又剩了我，伴著白慘慘的日光燈；台北是下午三、四點，他們又在做什麼呢？

蛋白質啊蛋白質，我畫著你，想著你，數著你，揉著你，猜著你，我老遠從我的家園來到這兒和你苦鬥，我不知道你有什麼值得我耗費青春的？只要熬過這一晚，明天以後我就再也不去想你了，你這微不足道的小東西。

不知道什麼時候大劉捧著一大把栗子走到我身旁，睡意正酣的說：

他媽的，全是苦的，不能吃，這些栗子，美國的，幹！

我看著那些烤黑的栗子，香味仍然誘人。大劉火氣未消說：

整個烤箱被炸得全是栗子碎片，起碼要再花一小時來清洗。

反正你是Weekend，沒事幹。我幸災樂禍的說：來幾片台北的牛肉乾，新東陽的，那些苦栗子丟掉也罷。

大劉邊嚼著牛肉乾，邊洗刷著烤箱，口中一直嘀咕著。我又回到了蛋白質結構中，希望可以在清晨七點前完工，然後鑽進棉被中睡一小時，拿出她逗孩子發出呀呀的錄音帶來聽。八點後，起床刷牙洗臉，搭藍鳥趕到新校區去繳作業，再準備下午的助教工作，和那些美國大孩子窮泡，晚上回家，再把睡眠補回來。明天，就這樣，又是一天，讓它快快過去。

大劉上樓去了，臨走前咬牙切齒的說：

這些栗子，他媽的。

我接了一句：

美國的。

夜很靜，沒有蟲聲，也沒有車聲，就是那種什麼也沒有的靜。抬起頭，什麼也不敢想，低下頭，又是那些纏纏繞繞的鬼東西，快了，還剩兩題，就可以回到棉被裡了，那是一個唯一不屬於美國的小世界，因爲裡面還可以有夢。

週末午夜的霧

週末午夜，美國學生一直還有活動，熱門音樂此起彼落，燈火輝煌，但古老的校園罩在濃霧中，靜靜的路燈把霧映得更清晰，夜也就更深了。此時的中國學生，有些已入了夢鄉，有些仍在挑燈夜讀；在夢鄉中可以與親人團聚，而在書本中卻可以暫時忘記那些熟悉的小徑，可以通往永和小吃店的路，可以忘記一切魂飛夢縈的事物。

而這幢以研究生爲主的麥當勞宿舍，一直是最沉默的地方。沒有音樂，只有細細碎碎的聊天。來自台灣的大劉、小劉正在和一位來自海峽彼岸的留學生討論土地改革。小劉剛從陸戰隊服完兵役出國，氣焰很盛，老喜歡說：你們是徹底失敗了。而台灣，一步一步做，不信的話——。而那個身材不輸給美國人的大劉，也總是赤著膊，一手端著罐裝啤酒，一五一十的訴說台灣的經濟，弄得那位「同鄉」滿臉尷尬，總要把話題扯開後，大家才又恢復嘻笑的場面。我們總是幫著老鄉弄這弄那的，見他一個人在此孤單。

繞著高爾夫球場及榮民醫院跑著，這是我來美國自我困囚了一個月後的覺醒，我慢慢從思念及鄉愁中掙脫出來，想到親人，想到朋友，我必須振作起來。我遠遠的看著爬滿藤葉的麥當勞宿舍，看到那扇窗，一片漆黑的小屋，就是這一個月來的牢籠，床單上的淚痕猶在，而牆上的樹葉已經轉紅了，或許眞可以熬到冰封的冬天？

跑著，讓自己逐漸恢復高中時代長跑的毅力，那種可以沉住氣從最後一名追趕成最前面領先的耐心已快十年了，歲月眞能埋掉人的毅力和勇氣嗎？踩踏在溼軟的青草地上，一路的燈火，如果不是那些歪扭的英文字，就恍若自己踏的仍然是台北不夜城的中華路，樹也是羅斯福路兩邊的木棉，連月亮都是快近中秋的那種形象了。

跑步回來，蕭來找，說唸不下書，約我去看場午夜的電影，台北演過的《北非諜影》。於是我把汗揩乾後，套上外套，兩人就又投入濃濃的夜霧中了。一路上茫茫大霧，幾乎分不清那兒是路，那兒是方向。我告訴蕭說，我決定先唸下去再說，那些迷惑和疑問都先放在一邊。蕭聽了好高興說：第一次聽到你說了比較理性的話。當初決定出來，不就是要改變自己嗎？不然，何必要忍受割離？畢竟我們和那些嚮往美國樂土而蜂擁般出來的人潮是完全不同的。遠方的友人來信說——我很深信，你的走是爲了再回來。夾在一群移民來此唸書的中國學生堆中，就想到美國朋友喬的一句笑話：美國就是一個全世界不愛自己國家的人遷到這裡所組成的一個新國家。走在這裡，就像高爾夫球場上白色的蒲公英，風一吹，滿天飛呀飛的，落在草地上，就輕輕依附在草地上了。

在黑白電影的畫面中，一邊被那些燈光的變化吸引著，一邊又讓思維拉回到過去和貓咪、小中在一起的時光。多少次在夢中見到她那種重逢時的狂喜，而孩子已不再是襁褓中只會哭的嬰孩，他已經能跑能跳了。妹妹在信上說：只要根在，年年季季都會再開，祝你一衝無憾，而你的「根」已長得跟關公一樣紅了……。

見到電影裡，褒曼和亨利在戰火中重逢，我就特別的感動，爲的是我如今也和所愛的人和地方分離，更能明白爲了重逢而強忍別離是一種怎樣易醉的酒汁，在醉後不省人事又是一種如何啃噬人心的痛苦。

深夜兩點半回到麥當勞，霧氣依然溼重，而哈山窩在床上已夢回巴基斯坦了，我拿出一片轉紅的楓葉和一葉翅果，夾在家信中，信尾我寫著：

熬過了楓葉紅透的秋天，就等那冰封的冬季，相逢的日子也就更近了。

在翅果上，用原子筆寫著「37」——那是我離開台灣的日子，寄給她，讓她知道，每一個增加的數字對我們而言都有特殊的意義。在這每一個分離的日子，我都不會浪費。三天前，在圖書館遇到一位香港來的中國同學，她找我談政治，談到後來，她竟然說，假如有人要買台灣，你猜猜值多少？我說沒有人出得起那個價碼，因爲台灣不賣。她就笑著說她是開玩笑，因爲有人替沙烏地阿拉伯出了價錢。我一火大，就反問她：香港要賣，值多少？她答不出來，我說，那你到底如何想台灣？她說台灣很好，就是小了點。我說，因爲你只會講英文，連國語都不懂，我懶得再和她談中國問題。說罷，我拿起手上的書不理她，她就走了，臨走前我丟給她一句話：你是不是學歷史的？不然爲什麼老翻舊帳，不看看現在？她想想，沒話說，離開了圖書館。如果她不是女孩，我想我會用中國功夫去搥她一頓的。

她最愛聽我敘述這些事，因爲她會覺得，不出來，就沒有這種接觸，就沒有機會和那些人舌戰，出來，畢竟是沒有白費了，而分離就變得更崇高起來。

週末午夜的霧漫得人心頭酸酸的，曾經站在石牌半山腰的醫學院看山腳下的霧，那時淒美而磅礴，此時，開起窗，讓涼涼的霧氣飄進來，還得蒙起被子，一覺至天亮，夢醒或許眞會不知身是客了。

假期

兩天的假期什麼正經事也沒做，就只是聊天。和大劉聊台灣的一些瑣事，包括初戀之類那些早已遺忘的東西——搞不懂日子怎麼變得如此窮極無聊起來？遇到了喬，又和他談美國式的婚姻，談小孩；晚上和肯亞來的「洗米喲」聊政治、談選舉，批評共產主義和資本主義，彷彿沒什麼事可幹的。而外面的氣候已瀕臨下雪的那種兆頭了，只是室內的暖氣開得很大，那種天下太平安居樂業的舒適，人也如此慵懶不堪了。

到了晚上十二點，假期正式宣告要結束了，才警覺到一桌子的書沒唸；於是和大劉相約，這一晚可得幹些正經事唸點書了。我們的約定是：每隔一小時，從房間裡出來，喝些美國自來水，或上廁所撒泡尿，看誰能支撐到最後，誰就贏了這一晚。

第一個小時，我正式進入情況，唸了十五分的書，算了二十分鐘的帳，發了二十五分鐘的呆，熬到一點鐘，走出房子，大劉也準時出來，兩人捧腹啞笑——太晚了，不敢笑出聲音。大劉說，眞快，就一小時了，說著兩人立刻又各自回房間，彷彿時間眞如此「寶貴」似的。

第二個小時，我「集中火力」唸書，此時「洗米喲」正一而再，再而三的想打長途電話回肯亞，偏偏肯亞的電話局不爭氣，一直聯絡不上，在我面前他是從來不肯承認他是來自比較未開發的國家。於是我拿出中國月餅分他吃，向他解釋了一下月餅的意義，他頻頻點頭說月餅好吃。我心裡想，國家強是多麼的重要——尤其對留學生而言，天天都要面臨著比較。我和這位新室友的關係就是建立在我每天會分他一些水果和食物，同時對他國家的一切有興趣，使他感覺到我的友善。

在沾沾自喜中，我又耗完了這一小時，走到走廊，聽到廁所有水聲，一定是大劉。這一回合又是平手了。

第三小時，我只唸了五分鐘書，就替自己找到最好的藉口了——早睡早起，早晨起早一些會比較有效率的。我一邊扭著鬧鐘，「設法」讓自己在七點起床，如此才只有四小時的睡眠——很標準的留學生生活了，夠「苛」了，對得起自己了。心裡很明白，從來沒有照著鬧鐘叫的時間起床過，但是上了發條，也算是給自己找了足夠上床的條件了。我躡足到大劉房門口，裡面燈亮著，在他門口的留言條上寫著：

我輸了，因爲我決定早起，祝成功。

在睡夢中，依稀聽到「洗米喲」仍然在試著和他的國家聯絡，不斷的說：謝謝，我等一下再試試看……。

次日清晨，在鬧鐘吵後的三小時又廿五分鐘我終於起床了。我很心安理得，畢竟身體健康是頂重要的，而睡眠充足又是身體健康的必要條件，這是簡單的推理。

在走廊上，遇到了兩眼都是血絲的大劉，我說：

你大獲全勝！通宵成功。

他點點頭說：

是的，我整整寫了一個晚上的家信，總共寫了六封！現在，我要回去睡覺了，拜拜。

這是一個沒有陽光的早上，因爲假期過了，校園又萬頭竄動起來，我又夾在高大的人牆中被淹沒了。

鵝從天上來

麥當勞很少有新聞，就像美國社會什麼古怪的事都可能發生一樣。朴正熙被刺身亡，美國宣告與他們無關，麥當勞也宣告與我們無關；兩位諾貝爾化學獎得主桑格（Frelerick Sanger 1985）與艾金（Manfred Eiqen 1967）同一天來訪本校，除了我們系上和一些相關科系的人小小興奮一下外，麥當勞依然是麥當勞。哈山終於洗澡了，黑人獨立運動鬥士染患瘧疾，或者發現一個中國女孩長得像胡茵夢，都只是麥當勞中國同學偶然談天的資料，構不成很大的風波，而我們一直有興趣的是最近拉薩爾湖出現的三隻大白鵝。

美國學生是夠人道主義了，當他們發現了這三隻大白鵝出現在艾力卡宿舍附近時，於是給牠們取了名字，同時在校內刊物大聲疾呼，要同學捐錢爲牠們蓋一間小屋子以躲避將來的大雪，同時舉辦一次展示會，在展示會中大家樂捐。

不久，其他刊物陸續出現了不同論點的文章，有人分析這三隻鵝是農家養的，因爲牠們不會飛；也有人猜測是在一次洪水中沖來的野鵝，有人說，乾脆把足球隊原來的隊名——「公牛」，改成鵝隊好了。就這樣，三隻鵝成了學生最關懷的事之一了。

有一回我在草地上追一隻松鼠，馬上有人警告地說：在美國，你已經構成傷害小動物的罪狀了。在超級市場到處可見狗吃的、貓吃的罐頭，價錢不低，路上可見狗旅館，專門給狗住的。難怪有多少在亞洲餓死前的難民會感嘆，來生寧願當美國的狗或者貓，不然，就是變成拉薩爾湖的大白鵝也甘心。

我們嫉妒美國的富強，也嫉妒美國社會的許多現象，於是我們決定在感恩節來臨時採取行動，想宰了那三隻拉薩爾湖的大白鵝，然後

——用中國的五香八角，烹一大鍋紅燒天鵝肉，留下六隻鵝腿遙祭所有在戰亂飢餓中喪生的人類。

用鵝毛做幾件鵝毛雪衣，準備抵擋即將來臨的雪季。

地點，當然是巴西王住的「巴西別墅」（美其名而已），因為據說從那兒伸出手，可以接到水牛城的冰雹。也許，我們會邀請肯亞的洗米喲先生，他是一個不醉不歸的詩人，請他當眾朗誦他那首被他政府所禁的詩；也許，我們會邀請從大陸來的老鄉，當眾唱他拿手的〈松花江〉，而我們則表演我們的〈綠島小夜曲〉。有巴西來的正宗巴西咖

啡，有喝了會胖的美國啤酒，也有台灣來的五香豆乾、牛筋、鱈魚香酥、魷魚絲、龍口粉絲，大家來分割拉薩爾湖的大肥鵝，呑牠的肉！一點也不留情！那時刻，窗外一定又飄著漫漫的雪花，不再有詩意，也不再有靈感，夠麻木的這一代中國年輕人，學會遺忘吧，在如此酷寒的水牛城，也學學非洲的詩人，來個不醉不歸，然後躺在異國冰冷的床上，夢中，也許會遇見無辜的鵝，正從天而降。

就這樣，我們期待著感恩節的來臨，我們會感謝這三隻從天而降的大白鵝，也要感謝賜給我們大白鵝的主宰，順便問問他，人世間爲什麼有這許多不公平的事？

我看到一個紅色的「背」字

我身邊一直放著一本很破舊的《有機化學》，是從系館裡借出來的，年代至少有十七年以上，沒有人會借這麼老舊的書，尤其是在這種每週都會有新發現、新理論的系裡。當初想借出來也是很偶然的，因爲這本書太舊了，夾在那些又厚又新的參考書中，就像是一個穿著舊式長袍馬褂的瘦老頭，被擠在一群西裝筆挺而高壯的年輕人之間，反而很惹眼。我好奇的去翻了一下，在那發黃的英文鉛字中，竟然出現那麼親切順眼的中國字，用紅色蠟筆寫著大大的一個字：「背！」翻了幾頁，又是一個大大的「背！」然後又藍又紅的畫滿整本書，又穿插著許多密密麻麻的鉛筆中國字，在解釋著課本的意義，我翻著翻著，突然有一種想把這書佔爲己有的念頭，因爲除了中國學生之外，沒有人能瞭解這本書眞正的價值；外國人不懂上面的眉批，不懂得那一個紅色的「背」字就曾有多少血淚浸透過這本書，就等於是一部中國留學生血淋淋的奮鬥史。我翻到書的第一頁，才赫然發現，原來這是紀念一位姓李的中國教授，上面還很模糊的蓋了一個圖章，圖章內的中國字已無法辨認了；在教授死後，由他太太捐出來給系館的。我毫不考慮的借了出來，雖然我自己也擁有同樣一本一九七七年的新版本，但是我也不明白，爲什麼要借出來，也許總覺得不該放在那兒，因爲沒有人瞭解他。

最近學校內的刊物出現一篇由學生出面指責中國及印度教授和助教在上課時，因爲語言能力不夠而無法和學生溝通的事，上面特別強調：由中國來的這些研究生利用當助教來換取獎學金，簡直是州政府的一種浪費！

這則新聞在「麥當勞」很轟動，因爲住在這幢宿舍的中國學生，幾乎人人是當助教的研究生，這下子全都成爲誤人子弟的罪魁禍首了，自然，我也不例外。

剛上台講課時，底下的學生都瞪大了眼睛，因爲他們突然懷疑起他們自己的「聽力」——怎麼一向很靈光的聽力，輪到這位中國助教講話時就不對了？然後他們會發現，原來這位「仁兄」發音不太標準，於是他們便開始模仿你講話了。我就是在這種帶譏笑和看好戲的眼光下努力熬了兩個月，現在，不再有學生會笑我了，講講中國笑話，他們也會報以美國式禮貌的笑聲，生氣時罵他們兩句，他們也像龜孫子一樣縮著脖子。手上握著一本操生殺大權的綠本子（不是綠卡），當學生低聲下氣來討分數的時候，你終於會知道：當一個中國的老師有多麼的驕傲！

可是就在這種驕傲的後面，又承受著多少侮辱和辛酸呢？當我每晚背著一大袋的書和論文走向派克大樓的路上，每一步都是那樣的不對勁。我是如此的勉強自己去做那些耗損生命而沒興趣的事，把生命中最精純的油水，一滴滴的擠出來，灑在這條已是遍地黃葉的小徑上；讓冰冷無比的晚風，從褲管底下一直爬昇，爬昇到胸腔，直竄到腦門。有幾次，當建築系系館的大鐘開始響起時，我忍不住在小路上狂奔了起來，雖然只有這麼筆直的一條路，在沉沉的鐘聲下也屢次迷失了——迷失在異鄉的夜色中，而精神也幾乎達到崩潰的邊緣了。

派克大樓是工程科學和土木系的系館，一幢最老舊的建築，離「麥當勞」最遠，不知道從什麼時候起，我就和小劉約定去那兒唸書，把自己和床鋪遠遠隔離，把一切思念完全割捨，一口氣唸到凌晨兩、三點，再循著那條小徑，踩著落葉回麥當勞。

悄悄進入房間，詩人「洗米喲」一定入睡很久了，但那低沉的音樂又一定忘了關。每回都替他把「海斯」的歌聲中斷，然後摸著那本古老的《有機化學》課本──總算對得起上一代中國的老留學生了。我就如此安慰自己。

上床前，一定再看一遍貼滿牆的親人照片，看著自己在機場上被父母套上的塑膠花圈，看著噙著淚水幾乎支持不住的她，還有那個手舞足蹈不懂事的孩子，冰冷的四肢才逐漸暖了起來。而日子永遠是如此令人開朗不起來，像水牛城漫漫的長夜，無休無止。

我的美國學生史蒂夫

我對自己用英文講課一直沒有把握，一直到史蒂夫用親切的笑容稱讚我：

我很喜歡你的課，可是註冊時被分到隔壁班，能不能請你收我到這一班？

可以想見我心中那份就要蹦出來的虛榮了。我裝著若無其事的回答：

你去和史密斯教授談，原則上是不行的。

其實我是想留他的，因爲他是上課三週以來，唯一給我信心的一位學生。

後來史密斯教授沒同意他，但是他卻一直賴在我這一班，我那來自東方的魅力可想而知了。

第一次小考，史蒂夫是班上唯一的滿分。

下課在電梯內，他向我行了一個禮，鞠了一個躬，又是一個親切的笑：

謝謝你，最後一題是你告訴我的，我才會滿分。

我想起考前他一直纏著請教我問題，問的幾乎都是我的考題。

第二次小考，卷子發了，史蒂夫跑來找我，很激動地說：

第三題我這個答案你曾經同意要給我對的，爲什麼又算錯呢？

我看了一眼他的答案，似是而非，而實在記不得給他任何承諾了。我必須相信自己的迷糊，因爲經常被學生包圍著討分數，心一軟，加上沒時間和他們耗，我總是說：

好吧，好吧，我會記得給你們對。

而大部份我是忘了。於是我試探著問他：

是嗎？我答應過你嗎？

當然，你上星期答應的，我在教室門口問的。

我又給了他滿分。爲著他曾那樣捧我的場，不顧系規而硬賴在我的班級，我願見他高分。

第三次他缺考，按系規，沒有任何合理藉口，是要給零分的。

他在下一次上課時很憂愁的對我說，上回缺考是因爲頭痛。

我可以拿醫生證明給你看。他說。

我同意在下一次拿到他的證明後給他補考。

下一次上課他說他忘了帶證明，希望先給他補考，再下一次一定帶來。

我懷疑地看著他，他露齒而笑，很友善而無辜的，於是我給了他補考機會，題目是換湯不換藥，他又拿了滿分。而那份證明卻一直忘了，我也忘了。

史蒂夫的分數在全班是遙遙領先了，難怪他有些得意忘形，在一次上課中，他在底下大發議論，直接影響了我的情緒；我瞪了他一眼，他卻朝我眨眨眼，又繼續嘻笑著說著一件似乎令他夠得意的事。他那眨眼的動作似乎意味著他曾用什麼東西賄賂過我，顯得幾乎曖昧。

我忍不住吼了一聲：

史蒂夫！

他抬起頭，又是很無辜的表情。

我想罵——閉上你的鳥嘴，結果我只是笑笑——也是很友善而無辜的笑，爲著他曾給過我的信心。

我只在下課警告他，以後上課不要講話。他連連點著頭說，我只是和他們討論功課。

又一次的考試，他終於錯了兩題。他怒氣沖沖地又找上我，再一次強調我在上一週答應他這兩題的寫法也可以算對。

是嗎？我提高了腔調，像測謊器一般。

當然，千眞萬確的！他音調更高，理直氣壯地。

美國人多半是很誠實的，他們不會把每個人當賊看，我從超級市場出來，肩上的包袱他們從來不會檢查。雖然這使他們超級市場損失極大，他們仍然願意尊重顧客，相信他們的品格。於是，我又放了他一馬。爲著他有優良的傳統。

當然，爲著他曾稱讚過我，也是因素之一。

當學期結束時，史蒂夫毫無疑問的是全班最高分。

隔壁班的助教荳拉西小姐來索取史蒂夫的成績，因爲史蒂夫的名字是列在她的綠色小冊上的。我告訴她，史蒂夫平均是滿分。

不！荳拉西搖著頭：絕不可能！

憑什麼呢？我問她。

他是個狡猾的傢伙，從前我帶過他的實驗，他功課很差，但作弊方法很高明，我瞭解他。

所以他才不敢再上你的課？我想到我的東方魅力。

應該是的。他告訴別人說你是個大好人，很糊塗。

這下，我猶如從校園的鐘樓跌到地上的積雪內，渾身直發冷。

我唯一的補救是在他的成績欄後的評語上塡了一句：

此生甚惡劣！

當然，史密斯教授一定難以置信這種平均分數和評語的相關性，我不想再揭發他，畢竟他給過我一學期的信心，使我如履薄冰般應付了這一學期的助教課程。不過，如果不幸他在路上與我相逢，再對我施以無辜而友善的笑容時，我會撿起一大塊雪去填起他的嘴巴，讓他哭笑不得，然後用他們的粗話罵他：狗屎！當然，能補上一腿中國功夫是更好了。

在遺失了一本遺傳課本以後

每次帶完星期五下午的實驗課走出教室，便是渾身疲憊到幾乎支撐不住的一刻。除了自己繁重的課業之外，還得連著三天下午帶三班預醫科的美國學生上生物實驗，常常被他們糾纏著不放，幾乎耽誤了晚餐。

這又是一個疲乏不堪的星期五黃昏。我的書包已經飽和到脹起來，一本遺傳課本祇得捧在手上。在冷風直灌的巴士站等校車回宿舍。

車站四周人不多，都縮著脖子；通常水牛城的冬天都早早降臨，祇是還沒有下大雪罷了。

我掏出她的信來讀，雖然至少一天一封，卻永遠沒讀夠，旁邊坐著一個金髮女孩朝我笑笑說：應該是一封好信吧？

我把信揚了揚說：當然，一天一封。

她誇張地尖叫了一聲說——我的天！

然後，我的寂寞就更甚了，低下頭，繼續看信。

校車來時，我沒注意，金髮女郎提醒了我，我匆忙夾著大書包衝上了校車。

校車開一半時，我發現自己將手中的遺傳課本遺失在車站的椅子上了。

我並沒有任何驚慌失措的反應，我走向駕駛台，問司機是否能停車，那黑人司機用他那近乎「種族歧視」的眼神瞪了我一下，搖搖頭。

我沒有任何反抗地又回到原位，我極端地疲潰，以至於無力再爲自己爭辯。我很平靜，並不因爲下週就是遺傳的期中考，而我原來計劃在這兩天假期好好看這本書。我眞懷疑自己的不焦慮，或許我習慣於在不屬於自己的國度內忍受各種突發的挫折與逆境。我注視著窗外冷冷的樹、冷冷的建築；冷冷地想著：等待車子到達宿舍後立刻再循原路搭車回去找書。我必須要那本書，爲了只剩幾天的期中考。

就這樣折騰了許久，又搭原車，沿著剛才走過一趟的路回新校區。唯一不同的是暮色已像巨大的黑鷹展翅，緩緩降落了。

我奢望那本書能原封不動地放在原地，好讓我讚美這個路不拾遺的誠實校園。不過，我也很篤定的準備接受另一個更可能的事實。

當我再回到黑暗的車站，除了只剩兩個等車的學生外，書是不見了蹤影。我上前詢問他們，他們搖搖頭，像那個黑人司機那種神情，就只搖搖頭。那是你家的事——彷彿是這樣的反應。

我明白，書是丟了，不該有奢望的。

我轉身跑向系大樓，抱著另一個可笑的盼望：有人撿到交回系上。另外，我還期望是記錯了——書還在實驗室忘了拿走。

當我跑完一趟早知道是毫無意義的路程後又折回車站，連那兩個等車的學生都不見了，剛剛又過了一班夜車。

其實，是有點茫然的，因爲下週的考試是我赴美求學的第一次大考，書丟了，借不到，也買不到，因爲是週末。

迎面來了一位披著白色圍巾而瘦高的女孩，她逐漸走近車站。我心中至少有了些暖意，這與丟書無關，而是在如此的寒夜，孤守車站的滋味不好受，尤其那冷颼颼的風。

女孩走近後，竟是一張中國臉。她友善地朝我打招呼，露齒而笑，這一笑好友善。是個漂亮的中國女孩。

我不自覺地又奔向了校園內的書店，連和她打招呼都忘了；我只想如果買到書，回到車站再償還她這個招呼。我知道書店早就關門，我又期待一個爲我而設的奇蹟。

當然，在如此冰涼如雪的異鄉，幸運的奇蹟是不輕易爲一個異鄉客而發生的。

我抱著大書包，從已關門的書店再狂奔回車站，我那樣的狂奔，除了驅寒，也爲著可以和一個美麗的中國女孩說一句國語，或者再看到那笑容。

遠遠的，那個白色的圍巾依然在風中瀟灑地飛飄著。

車站近了，女孩也近了，頹喪的心情暫時拋掉了。

同時，一輛乳白色的轎車駛來，停止在車站旁，那女孩一頭鑽進前座，重重的關上車門，車子揚長而去，很快消逝在遠方路的盡頭。

我喘著大氣，跌坐在車站冷徹骨的椅子上，看看錶，早已過了餐廳吃晚餐的最後時限，才發現自己什麼都忘了。

我越來越餓，也感到寒意更深，而車子不來，只有傻傻地坐著，不見月亮，只見孤星寥落地散亂著。

我開始擔心自己的晚餐，想著宿舍僅存的一包生力麵。我摸著書包，指尖觸到一塊餅干，中午吃剩下的，便如獲至寶地取出來。

我一口一口的咬著硬餅干，內心依舊平靜如止水。我不再憂慮遺失的書和期中考，因爲我已習慣這種孤獨，尤其在異鄉。

當我啃完了這塊不大的餅干時，校車還不來，再探手去摸書包，不再有食物，只剩那封最有恆心的家信了。我不敢再去思念那遙遠的妻子，只得再回味一下半小時前白圍巾女孩在冷風中那善意的微笑。

其實該滿足了，流落異鄉的遊子，還能有什麼奢望呢？

校車來了，遠遠迷茫的照明燈閃著，希望是回宿舍的，我站起來，引領企盼地朝遠方望著。

巴西別墅，一個沒有女人的地方

地理與歷史

巴西別墅位於紐約水牛城的麥當勞宿舍四樓，緯度接近我國的遼寧省，冬冷夏熱，雪季長達五個月之久，無任何經濟與觀光價值，爲了紀念一九七九年九月從巴西赴美求學的創始人巴西王，乃得此名。

巴西王雖然來自大而無當的巴西，但秉承中國人的優良血統，更因著誕生於以生產留學生聞名全世界的寶島台灣，熟讀孫子兵法；於登陸麥當勞宿舍後，立刻展開臭臉外交。當他住進雙人宿舍後，先實施重點佔領，除了佔據一床爲根據地外，將夾著巴西叢林怪味的鞋襪丟置另一床。當他的室友搬進來時，他立刻用中文文法、葡萄牙語發音的英文向室友進行遊說，抱怨此地風水不佳，同時介紹位於新校區的艾力卡大宿舍，形容成像台灣的圓山大飯店一般。他的室友於一小時後高興地搬走了，如此這般的屢試不爽，不久他便順利攻佔此雙人宿舍，升上了青天白日滿地紅的國旗，全麥當勞的中國學生將以此爲中心，繼續擴大版圖，以恢復元朝的廣大國土爲目標。

兩次戰爭

第一次戰爭是與一廊之隔的巴基斯坦人。

巴西別墅正對面住著一對巴基斯坦跳蚤，一個來自東巴，有口臭，一個來自西巴，有狐臭，加上兩人爲了保持神秘的元氣，從來不洗澡，同時又把他們的優良文化帶到美國來——上完廁所用手揩屁股。因此只要他們的房門輕啓，一股幽怨而濃豔的氣味便飄了出來，直逼巴西別墅，同時他們渾身營養皮膚所滋長的跳蚤也順著這股香氣而滲透至巴西別墅內下蛋。

五千年的歷史告訴我們，是宣戰的時候了。

我們開始在別墅的「廚房」內炒菜，同時撒下大量的辣椒，將這股提神醒腦又促進血液循環的昇華之氣，瀰漫著巴西別墅，這股浩然之氣不但殺死了巴基斯坦跳蚤蛋，同時也像催淚彈般使對方緊閉門戶，迫那股幽怨的極臭之氣從另一端的窗口升空，化作片片烏雲伴著彩霞。

第二次戰爭是與一牆之隔的美國黑人。

雖然戰爭的近因是由於他們的挑釁，但是我們彼此看不順眼卻是日積月累的仇恨了。

這班美國黑人有一綽號大猩猩者，有著自戀狂，經常赤裸著身子在浴室鏡子前擺動他每一塊肌肉，口中喃喃發出自我讚嘆的囈語。在房門口貼著一大堆色情圖片，還不時汰舊換新。當他行過走廊時，不時地撫摸著他那一身黑毛，令人想到動物園內的大猩猩。

當他們晚上閒暇時，不斷吼叫，搥打牆壁向我們示威，據說大猩猩是個拳擊高手。

黑人看不順眼我們的理由是：中國人太貪吃。

他們經常見到巴西別墅內高朋滿座，大宴賓客，像吃流水席一樣，吃完了四、五好友端著一大堆鍋子、碟子、碗去洗，唱著軍歌。

花了那麼多精神和時間在吃上面，這眞是一個愚笨的民族——那些沒有文化的黑人如此嘀咕著我們。

在一次週末夜裡，我們幾個聚在巴西別墅內看黑白電視加強英語能力，可惜是部戰爭片，對白不多，槍炮聲卻大響。於是鄰國的大猩猩開始敲牆壁了。

這一吼非同小可，我們迅速檢討戰力。小劉來自陸戰隊，蛙人操和莒拳沒問題；而我的跆拳道，雖然沒有黑帶上段，可也是彩帶，腿骨僵硬抬不高，踢對方要害沒問題；巴西王略懂擒拿，拿不到對方，至少不會被活捉；剩下大劉，身高一八〇以上，體重近一百公斤，用來當擋箭牌尚可。萬一不行，樓下還有一個眞正的武林高手，傳說一拳可以打死人的小萬。

知己知彼後，巴西王去將電視機扭得更大聲——一時大炮轟隆響起！一場聖戰就要開始。

小劉打開大門迎戰。

大猩猩赤裸著上身出來了，他耀武揚威地走到我們敞開的大門口：

聲音不能再小了嗎？

是的，不能再小了。小劉說，很勇敢的挺著不很豐滿的胸。

我低聲傳話提醒他，文法錯了。

不，不能再小了。算他托福成績不錯，立刻更正。

大劉也脫去了上身，卻露出一身肥肉，走了出來。

巴西王捲起袖子，拿出當年佔領巴西別墅那套精神、臭臉外交攻勢。

我靈機一動，轉身去摸那把中國大菜刀。

大猩猩冷笑著，摸著下巴，看看我們四人，轉身回去，如果他有尾巴，一定正夾在兩腿之間。他用力把他的房門關上，門上幾對正熱烈做愛的狗男女被他這一震，全都跌落到地上，無聲無息地。

我們也收兵，把門關上，用力太大，把門上貼的東西也震落了。

我相信，四人之中一定有一個嚇出了尿來。

太平盛世

巴西王最熱烈盼望下雪，於是在牆壁上貼了一張華氏換算攝氏的表，每當電視台播報華氏溫度時，他就立刻查表，顯然是因爲離開台灣十六年，連台灣的特產——數學能力——都忘了。連下了幾次雨，他都誤以爲是雪，樂得尖聲怪叫。我問他——巴西不下雨嗎？不然爲什麼連雨是什麼樣子都忘了。

最後，一場大雪來了，巴西別墅立刻有了天然冰箱。我們把一扇窗子打開，大塊的肉就放在窗台上凍成硬塊。要吃之前取出來放在暖氣上烤一下就又解凍了。

冬天一到，我們像螞蟻一般都囤積好了食物，米、麵粉、冬粉、香菇、金針菜、魷魚乾、紫菜、泡菜、豆腐鹵，零食方面更是應有盡有，全是從台灣寄來的昂貴食品，像牛肉乾之類的。我們唯一排遣寂寞的方式就是——大家團團圍坐，用國語大聲罵使我們受氣的外國人，然後大吃一頓。

大劉被一個猶太老師整了，回到自己房間頹喪地獨坐桌前發楞，一籌莫展。

來吧，來巴西別墅，我們向他召喚：有氣大家一起出，做出一道「火燒猶太人」的菜，多加一些醋，罵幾句台語三字經，消痰化氣。

小劉想老婆，抱著老婆的結婚照欲哭無淚，躺在床上看天花板的宮燈胡思亂想。

來吧，來巴西別墅，我們也向他召喚：有老婆大家一起想，把老婆漂亮的面容放在高高的檯子上，把酒臨風，說幾句女人不能聽的話，大笑三聲，思念就暫時被雪凍結了。

老鄉呀老鄉，當你孤獨的時候，當你懷念北平和妻兒時，爲什麼不來巴西別墅呢？這兒有國樂，還有流行歌曲，如果你嫌它太風花雪月的軟綿綿，那麼來首〈男兒立志在沙場〉如何？如果你又嫌它太樣板，我們還有絕招——民歌，來首〈捉泥鰍〉吧？也許，不嫌棄我們的手藝，弄隻非正宗北平烤鴨也不難呀。我們不談政治，也不再叫你「共匪」讓你受驚嚇，只要你不推銷「民主牆」，我們也不會譏笑你們民主牆被拆了，只要你承認你們的失敗，我們也會向你訴說一些我們的小缺點。

有一天夜裡，我狼狽而飢餓的奔回了宿舍，一肚子的怨氣無處發，倒在房內喘氣。巴西王推開門說：

來吃點東西吧，四隻雞腿和一大鍋熱湯沒人吃呢。

我溫暖地躲在巴西別墅內，享受著現成的食物。

某個凌晨兩點的夜讀之後，想吃點什麼，厚著臉皮去敲巴西別墅的門，巴西王已睡了，可是他很快開燈，睡眼惺忪的替我插上電爐，放上鍋子，倒了水，我在一旁放冬粉，他仍然睡眼迷矇，一邊挖著鼻孔，一邊切著老薑，把鼻孔內的好東西混著老薑丟進鍋內。我們吃得很飽，我更是不敢再挑剔了。

有時，我們輪流烙蔥油餅，然後評定名次。

很不懂得作菜的我，硬著頭皮可以表現出幾道連自己作夢也不會的菜，吃得每碟菜都見了底，一度懷疑自己是否是前世國賓飯店廚師的投胎。

在巴西別墅，這個沒有女人的地方，我們發揮了一切「求生」本能，建立了一個在苦難流離之外的安樂窩。

可是，在安樂窩內，我們永遠不會樂不思蜀的；因爲我們很清楚，我們眞正的安樂窩不在這兒。今天如此的顚沛流離，多麼渴望會有我們世世代代可以過著太平盛世的土地，沒有鬥爭與飢餓，沒有剝削與特權，更不要戰爭與流血。

會有那麼一天，中國人不必再流浪到別人的土地去尋覓他們暫時的安樂窩，那一天，總會來到的。

快來追求有卡的瑪麗

大家都在追求瑪麗！

瑪麗是中國女孩，可是中文名字她自己也忘了。

瑪麗年輕而漂亮，不過更重要的，她有那張卡片。

第一次我們相逢在好時年大樓，那兒住了一大票大學部的男女生，據說有不少從紐約市來的ABC。

瑪麗說：我有公民權。這是見面第一句話。

我也有。我說。

你剛來不久，怎麼可能有？她一甩烏黑的長髮，頗不服氣，兩顆黑眼珠一眨一眨，又亮又大水汪汪。

我有台北市的公民權呀！我大聲而毫無畏懼地回答。

後來才知道，她就是克雷蒙大樓那批老中掛在嘴邊的——有卡的瑪麗。

克雷蒙是一個理工科的辦公室之一，那兒的特色是中國留學生多到老師和學生可以用國、台語交談，成爲半官方語言，而中國人自成一個小社會之後，問題便叢生了。

克雷蒙老中最近有一個運動正醞釀著，配合著美國大學生要趕走伊朗留學生和美國黑人學生抗議少數民族被欺侮的兩大運動，那就是「猛追ＡＢＣ，大家拿綠卡」運動。

熟悉美國法律的人都知道，目前最簡便拿綠卡的方式就是嫁，或者娶一個有綠卡的人。其他的各種方法，包括拚命投資，爲老美賣命，都不能保證拿到那張又香又可愛的小卡片。這就是這項運動的緣起。而發起人，就是一位曾經在克雷蒙混了一年，被當了一屁股，被迫轉到南部某校就讀的老中，與一位ABC的女孩萍水相逢，迅速完婚，一卡到手，從此在美國這塊大樂土上混定了。這下可讓留在克雷蒙年年科科得大A的中國同學羨慕死了，群起效尤，這項運動便如火如茶地在校園各地展開如蓬勃的青松。

這就是爲什麼有卡的瑪麗能在一天之內，連續接到十二通用不太流利的英語問她想不想要搭便車買東西的原因了。

老羊不住在麥當勞，卻也是麥當勞之友，閒來無事愛上麥當勞享受此地純正的自由中國風土人情，在這克雷蒙是找不到的。在克雷蒙所有的，是一股頹廢的暴戾之氣，有鬥爭，有叫罵，老羊受不了時，就躲到麥當勞避一避，吸吸幾口活潑的朝氣。

偏偏不幸的，老羊也愛上了有卡的瑪麗。老羊眞正喜歡瑪麗，而不是她的卡。

要追瑪麗有兩個充分必要條件，要能有準確表達感情的英文，和一輛還不太破舊的車。

車子我們幫不上忙，可憐我們也是天天等搭別人便車的。而英文呢，也只能一起欣賞電視上的文藝愛情片，看是否能像在國內補托福和GRE那樣速成吧。

有個叫牛新的老中，據說是克雷蒙少數肯幫自己人的好人之一，老羊打聽到這個人，向他借車，牛新一口答應了。

牛新是個有辦法的人。有個笑話在克雷蒙傳著：

教物化的陳茂，是個不愛回台灣的青年才俊，有一次從墨西哥買了一頂綠帽子回來，牛新正好上辦公室繳作業，陳茂玩著綠帽子，展示給當學生的牛新看。

瞧，這種綠中帶墨，我最偏愛。陳茂得意地轉弄著。

啊，綠得太高妙了，老師。牛新豎起了大拇指。

還有稍稍歪了一點，可是有角度，你看看。陳茂乾脆把綠帽子戴在頭頂上，站了起來繞一圈。

唉呀，歪得好呀，歪得太好啦。牛新也歪著頭欣賞著，豎起兩根大拇指：歪得簡直太棒了。

陳茂這一樂，摘下綠帽子往牛新頭上一放：

還有這些金色的亮片，手工很巧呢。

牛新被這大綠帽一壓，心頭不免一驚，口中仍然不忘讚美：

手工眞巧，巧奪天工哩！太巧了，太太太巧了。

據說兩人就在辦公室輪流戴起綠帽子來了。

學期結束，牛新的物化得了一個A^+。

全班研究生只當了一人——可憐的老羊。

後來牛新拍著老羊瘦削的肩膀，無限同情地說：

錯只錯在你不該追有卡的瑪麗！

我有戀愛自由呀！老羊哭喪著臉。

因爲陳茂也在追有卡的瑪麗，你們是情敵呀。

可是，你不是也在追有卡的瑪麗？老羊反問牛新。

我沒讓陳茂知道，現在課修完了，我不再怕他了。可以向全克雷蒙的老中宣稱：本人牛新已正式追到有卡的瑪麗，一星期內將採取進一步行動。

老羊，這個頭腦沒褶的傻孩子，賠了夫人又折兵，忍不住跑到麥當勞，面對著一室善良無辜的中國臉，嚎啕大哭起來……。

媽呀，我要回台灣。他叫嚷著，跳著。

我們爲他拭乾眼淚，要他鎮定下來。

然後，我們爲他分析了一下當前繁雜的情勢，退縮不是勇者，對付惡人我們要更狠，我們要贏一場勝仗。

我們心中的確有幾分悲涼：因爲這一次我們的對手竟然是中國人。可是處在一個要懂得競爭的世代，我們被迫要學會競爭鬥狠。所以，全麥當勞的老中起來了，爲了被出賣的老羊，大家一起來——來，來，來。

來追有卡的瑪麗。

躺在通往湖濱的路上

天氣是那種兩場小雪之後乍放的晴朗，但寒意未減。

時間是一九七九年還留下一條要死不死的尾巴，一些來自台灣的留學生正忙於期末考，沒人肯負責準備晚餐的下午，隔著太平洋的彼岸那個屬於我們的小島上剛發生了一件流血的暴力事件不久；說得更準確一些——那些美國人快要過耶誕節啦。

人物是我——一個正被大夥推舉出來要去買些蔬菜肉類回來燒飯的倒楣鬼，正哀傷地找不到推辭的藉口，窩在房內快發霉了。

如果沒有另外一個人，事件也不會發生，而事件是必然要發生的，因爲神和魔鬼是無所不在的，逃不掉。

莊——一個唸經濟唸得快要走火入魔的好朋友，正愁找不到人發洩他胸中鳥氣，突然想到了我，於是他打了一個短途的電話給我。

哈囉——他說。

哈囉——他又再叫了一聲。

不必講英文啦，聽得出來是你，我說。

郊遊去吧，到湖邊。他說。

就這樣，我找到了不必替麥當勞老中燒晚飯的藉口了，我向大夥宣佈著。

爲了給各位買更新鮮的青菜，必須到很遠的湖邊，有關於晚餐——嗯，也許就趕不回來了。

當然，我是很習慣那幾雙敢怒不敢言的黑眼珠。

地圖。照像機。手套。圍巾，幾包豆干。哈哈！

一輛放在路邊都沒人撿的小金龜車，載著我和莊，逍遙地上路了。內心充滿了感謝，我輕鬆逃過了一劫。

我們朝北走，車子上了公速公路。

郊遊的氣氛，卻他媽的選了一個高雄暴力事件的話題，兩人越講越激烈，車子超了速都沒知覺。

其實是可以不談這檔子事的，這兒風景不錯，冷冷的，路邊正拍賣著一些砍伐下來小株的聖誕樹，年節的氣味濃了，那些像松柏可又高大些的樹真叫不出名字，離開台灣不久，對樹名變得健忘。反正，老美正在砍著樹要過節，可是仍然不忘記打封電報或派一、兩個人到我們的島上講人權，想要學著享受這兒清冷的風景，可是，又忍不住要生氣。

人一生氣，小金龜車也跟著沉不住氣。莊說你最好繫上安全帶，彷彿有種預感。我拉了一下安全帶，沒拉出來，就放棄了。然後，我們繼續生氣，在如此美麗的郊遊天。

路邊有一家賣蔬菜水果的小木屋，我們已經開了一小時的車子。我們下車玩玩，不再談政治，買蘋果吧。莊說著把車停在路邊。

我們一人買了一大簍血紅的蘋果，鄉下買比城市便宜，想到那些平日撿酸蘋果吃的窮老中，這一大簍蘋果一定讓他們樂死了，而我就將功贖罪吧。

想想很坦然，把兩簍蘋果勉強擠放在後座，目標湖邊，再出發。車子過了一個小鎮又一個小鎮，都是陌生的名字。

到那裡了？他問：看看地圖。

地圖上找不到這鬼地方。我撿起了血紅的大蘋果啃了起來。哇，過癮，比台灣便宜。

最好繫上安全帶。莊又提醒了我。

我站起身從後座扯那條被壓著的安全帶，扯了五分鐘，放棄，又撿起第二個血紅的蘋果，大大咬了一口！

知道嗎，郊遊對我們而言很奢侈？莊說，一年到頭都埋在研究室裡替老闆弄這弄那，博士也不知道那年那月才騙到。

這是一個古老的小城。我指著前方的教堂，又咬了一口蘋果。咔嚓一下，好清脆：太太帶小孩回台灣，你又要吃生力麵過一學期啦？可憐的莊。

幹！小孩吵死了，回台灣耳根也清靜。莊說，無聊就湊湊打橋牌，日子照樣過。

這蘋果真好，想寄一些回台灣，我說得很認真。

太太這回就準備帶一大箱回去，分享大眾。他說。

笨死了！我說。台灣已經開放進口了。

那你更笨，航空寄蘋果，笑死人，幹！莊罵了一句。

剛才爲政治而生氣，現在爲蘋果而吵，然後一聲很要命的緊急煞車——

從左方駛來一輛大型的轎車，我們的小金龜躲不掉了，在十字路口，車禍眼看就要在下面千分之一秒發生了。

在這要命的千分之一秒，我閃過腦際的不是死亡，不是家人，而是郊遊一定泡湯了，那嚮往的湖濱散步……。

莊大叫一聲，立刻猛力踩煞車。

一陣強烈的撞擊，接著是昏眩，巨響後，我和莊都掙扎著爬起。

血一滴滴從我額頭冒出，沾溼了已破碎的玻璃和座位，我撿回了眼鏡，爬出了小金龜車，看見仍傻在那兒的莊，他第一件事是檢查車子，要賠不少錢了，他一定如此想。而我擠出了笑容，用手帕想止住血，血一直冒，一條手帕全被血浸溼了。

路人去打電話找警察和救護車。沒關係吧?對方車主是個中年人，客氣地來慰問我，我一直搖頭說：沒事沒事沒事。

我朝那些圍觀的美國人笑著，血滲過了手帕和手指，滴到了地上，我仍然笑著，一點也不覺得疼痛。

莊爬回車內找眼鏡，救護車嗚嗚嗚地來了。

救護人員迅速地要抬我上擔架，我卻拚命搖頭說沒關係，只是小傷，回去貼塊膏藥好了。我又朝他們笑著，一直努力地笑著，我不要讓他們見我軟弱。他們仍然堅持抬我，我說自己走好了，才發現腿也傷了，一跛一跛地。

第一次躺在救護車內被人催命似地在街上哇啦哇啦地送——第一次，卻是在異鄉。

我躺在急診室的手術房內，圍著一個醫生、兩個護士，問了一些眞幼稚的話：這兒痛那兒不舒服的，或胡亂搖頭：反正都不痛。我只關心一件事，迷迷糊糊掏出了保險證說：

喂，請注意，我是保了學生醫療險的，那些項目不能包括在這種保險內請通知一聲。

腿部要照X光？醫生說。

照X光有沒有保險？我問。

我不知道。他搖搖頭。

那不必照啦，我不痛，只破了些皮。

眞的？他懷疑地。

當然。我堅定地。要花錢照X光，我不會同意。
然後，我被他注射了麻醉劑。
像縫了一件破襯衫般，他在我眼球上方縫了九針。我想到了媽媽。
躺在手術台上，我腦子裡一片花白，眼圈黑黑。
你的朋友在隔壁房子。一位老護士告訴我。
我急於看到莊。
莊穿了件很滑稽的病服等待醫生驗傷。
我們互看了一眼，都笑了。
幹。我罵了一聲：小小的傷，動大手術。
莊開始擔憂那筆不少的賠償，因爲是我們的錯，我們撞上了老美。

我倒是很慶幸當初那筆醫療保險費並沒白繳，狠狠撈回他一票。

離開了這家小醫院，迎著而來的仍然是陌生的城鎮、陌生的街道、陌生的刺骨寒風，而我跛著腿，幾乎無法行走。

那輛撞歪了的小金龜車據警察說是被吊車吊去修理廠了，他給了我們地址。

你能走嗎？莊問。

可以可以。我忍著痛騙他。

冷風吹到我那似蜈蚣的傷痕，不痛不癢。

我們逆著風躑躅著，反正問行人也問不出結果。因爲那是漏寫了一、兩個字的地址。

跛著腿，走在異國陌生的城鎮，見不到其他人，只很麻木的，沒有哀傷。

我們行經了車禍現場，依稀可見那斑駁的血跡。那是我來自高貴傳統的鮮血，灑在我不喜歡的土地上，被泥土吮吸著，我有意停留數秒，向那已逝去的血液告別。

行到一戶人家門口，莊見我再也走不動了，就要我坐在那戶人家的台階上等他。

我用跑步去找，反正很冷——莊說著就跑了。

坐在那戶人家的台階上，四處張望，清冷的街道上，連條小狗也見不到。一棵棵枯樹和電線桿並列著。

還是撐著自己站起來，走到那戶人家的窗口，我看見一架鋼琴、一株掛滿花球的聖誕樹，還有那映在窗子上醜陋的我，那條多餘的蜈蚣攀在我眉毛上。

傷心地坐回台階，對面豎著一個牌子上寫著：

快樂假期！

莊一直沒回來，四周的氣溫繼續下降，那原有的體溫已不敷抵擋了，寒意像蛇的爬竄般已從褲管、袖子、衣領的每個空隙鑽進來。我非得站起來走動不可，但腿又無能爲力。我打量著四周可能的躲藏地點：加油站、商店、人家、都鎖著門，就是沒上鎖，也無濟於事。

天色緩緩陰暗了，眞冷。我一直哆嗦著，用手在身上拚命摩擦。麻藥退了，傷口也開始劇痛。

唱首歌來驅寒吧，我哈了一大口熱氣。

想到了小弟寫的歌——

水袖，水袖，引我到陽關口，只怕東風吹瘦；
出不了城樓，樓城，樓城，歸雁替我點燈。

曾在神農坡上學生爲我和她開的同學會中唱了這首歌，那時的天空，是中國的天空，雁也是北方的，亮著的星子，這眞像是走馬燈。

此時此地，我大聲地對著黯淡的街市唱，一遍又一遍，昔日的歡樂與別離已不再能觸動我的心弦。我只那樣的企求荘能快快找到車子，早些離棄這陌生的城鎮。

黑色濃濃地畫滿了天空，沒有歸雁和東風，一輛破碎的小金龜車載著疲困的我們往南行。

一路上沉默著，什麼也不談了。

我又從撒滿了一車廂的蘋果中挑了一個撞破的，在雪衣上用力揩了兩下，咔嚓咬了一大口，接著只好又笑了起來，像冬天被凍裂開來的百香果。

荘慢慢地駕著那破碎的小車，鬱霾的夜色浸籠著他蒼白的臉：

先別讓我太太知道，會消化不良。

滿目瘡痍的車窗上，沾黏著從我手中飛濺出去的蘋果殘渣，像那種一陣殺伐後所餘的碎肉，還淌著血。

也許當他們啃食著蘋果時，還順便會嗅到上面的一些血腥，那該多麼掃興。

眞有些睏了，在這往湖濱的路上所發生的一件小事之後，得好好睡一個比較長一點的覺來慰勞自己，一覺醒來，也許我還會歡呼三聲——哈哈，還活著哪。

欲上青天攬明月

到紐約市思明夫婦家時，向他們打聽嶠的下落。秀蕊說：來美國一年多了，住得那麼近，卻連個電話也不打，還虧得大夥四年同窗。這回秀蕊告訴他說，有朋自遠方來，大家在唐人街廣東飲茶店來個小型同學會吧。這樣，才和闊別了五年的老同學碰了面，見面第一句，嶠說：

本來還得打工的，溜出來老闆不高興。不過知道你來了，冒著被FIRE的危險也得趕來。

那幾天，嶠陪著到處逛，搭著髒亂的地下鐵，從全紐約市的色情中心看到最大的博物館，嚐到了野蠻和文明隔著一條巷子的雜亂。晚上，就在他那間醫學院的古老宿舍睡，他從舊冰箱取出一盒冰冷的橘子汁，兩個人喝著。仰起頭，斑駁的壁上貼著一張他自己畫自己題的字：

欲上青天攬明月

嶠嘆了一口氣，笑笑，不語。

我可以體會他這暗無天日的一年。

兩個人促膝談著，不免又想起過去像山鹿飛騰的日子。

大一那年，我們不認識，不過都自認球技不錯，參加了系隊選拔，雙雙被淘汰後，爲了面子，自組了一隊號稱「桃太郎」隊，桃太者，淘汰也，打不到一個月，因爲從來沒贏過，也就散了。

嶠是游泳高手，單手仰泳是全校冠軍，下了水便是他的天下，他在水中戀愛，女孩很容易被他迷上，因爲他是公認的美男子。

嶠愛過那種獨來獨往的生活，宿舍藏了一大堆裸體雜誌，他告訴我，他愛拍裸體照；只是沒說清楚愛被照，還是愛照別人。他的成績不怎麼樣，他說他不愛這種教育制度。不過，當他追上了一個全系第一名的女孩子後，他正式開始拚命唸書，我們都笑他，遲矣，遲矣，那年，已經大四了。

畢了業，一晃五年，大家也懶得聯絡；師大畢業就是這副樣子——被制度綁得死死，有氣無力的。當他得知我想出第一本小說集《蛹之生》而到處被拒之後，曾經託朋友傳話說他替人翻譯賺了一筆，可以大夥再湊湊，幫我出書。就爲了這句話，雖然後來勉強找到出版社出了，卻一直記住他的心意。

就這樣，淡淡的，其實也就夠了。

後來傳出了他要出國的事，他急著辦手續，因爲他那全系第一名的未婚妻早他一年出去了。

嶠成了班上第一個留學美國的男孩子。沒出去的人總奚落的說，爲了未婚妻嘛。嶠心裡也明白，只是不吭聲。

當嶠申請到學校，一切就緒要上飛機前，接到了婚變的消息。這原是樁太平常不算悲劇的悲劇了，可是女方家長一再對嶠警告——到了美國不准去打擾對方，因爲對方很幸福。加上收到所有被對方退回的信物，嶠是如何咬著牙登上飛機沒有人知道。

那晚，我忍不住問了嶠，嶠笑了：

我當然是原諒了她。

那種因寂寞無助而急於要攀附另外一個可以保護她的人是可以想

像的。人原本是脆弱而容易失去一切的，感情又算什麼呢？

嶠敘述著他如何在雪地冰天的醫學院足不出戶的唸著書，不知道外頭的世界，也不和其他人交往，天天走在教室和寢室之間。

嶠笑著說，如果不是爲了陪你，那些地方我還沒去過呢。那一整年生活在悲慘而陰暗的世界中；違法到超級市場打工，一小時兩塊八毛，被抓到就要驅逐出境了。不打工，生活不下去。

不過，我又短暫地戀愛了一次。嶠的眸子亮了一下：對方到了佛羅里達後，又和一個可以駕直昇機四處遨遊的人走了，她的理由是她不能和一個見不到的人談戀愛，很簡單吧——。哈哈。

更糟糕的是，原先背棄他的未婚妻又回頭來找他，理由也是件太平常不算悲劇的悲劇——她被那個男人騙了。

哈哈哈——嶠笑了，好淒涼的笑。

我原諒她，但是不會再接納她，很公平，對不對？

我聽著他這一年的遭遇，隨口說了一句：

怎麼不找外國女孩談戀愛？你的條件夠，外國馬子又開放。解除一下寂寞也好。

哈哈哈。他又再一次笑了：

你不妨試試吧。種族歧視，別忘了，種族歧視只要你在這兒一天，就得多受一天氣！

那夜，我們聊了通宵。最後的結論是，他開始改變自己，多和其他中國人接觸，辦學術思想討論會，讓自己活躍起來。他說：

反正，留下來，只有去適應了。很快我就會有新的煩惱——改行？職業？收入？對象？工作？房子？車子？日子就和其他人一樣了。

這叫苦盡甘來嗎？我非常懷疑的問他。

你以後就會知道，人妥協的很快。他又笑了，揮揮手，看穿了什麼似的。

一天深夜，嶠打了長途電話給我，問我生活情形。我告訴他一切上了軌道，助教工作也順利，他高興的說，我就知道你會適應的，你比我當時的情況好太多了。話入正軌：

「許信良」要來紐約演講了。他說。

情況如何？

不知道。你能來紐約嗎？

沒心情。

你一定得來，我們也辦了一系列演講，請了夏志清等人，有一項希望你來捧捧場。

我能說什麼？

談談台灣電影好了，小說也好。

我想回台灣了，眞的。

想家對不對？忍一忍就好了，我當初也一樣，熬過去就好了。不久，你又會有新的煩惱，你會開始煩惱職業？收入？房子……。

嶠，我想走一條和你們不同的路。

不要開玩笑了，心情放開朗些，我會和其他人去看你，你一定要熬過去，我會去看你！

我熬得過去，嶠，但是，我說，我不想走你們的那一條路，很簡單。

別忘了，我們是全班唯一在美國深造的兩個男生，我們責任很大

——他聲音激昂起來。

嶠，就因爲有另外不同的責任，也許我就不陪你在美國並肩作戰了。

你可別拋下我一個人在紐約呀。他叫嚷著。

寂寞的嶠，你可能眞的要寂寞下去了。

——

我掛斷了電話，笑笑，像嶠那樣寂寞底笑笑，想起了嶠那間破舊宿舍上的那句話：

欲上青天攬明月

青天只一面，明月也只一個，只是不曉得我和嶠，誰會先攬到自己要的明月？

嚐一口多倫多的鹹水鴨

早就聽過艾倫這個人——一個在加拿大生長的中國人，因爲有著中國血統，他熱愛中國，他說過，當他學成後決心回中國大陸「奉獻」自己。據見過他的人說，艾倫留長髮，長得像耶穌，不過比耶穌胖。

建築系有不少從台灣來的同學，有空沒空和艾倫辯論，辯台灣和大陸兩端的政治前途，如是已經兩、三年了。艾倫不懂中文，必須用英文辯，更棘手的是，艾倫在大學主修共產主義，中國的近代史他瞭若指掌，比誰都熟。

這天，艾倫悄悄降臨麥當勞。

沒人理會艾倫，小劉要考試，我要繳報告，巴西王有課，大家各忙各的，留下大劉接待他。

兩口啤酒下肚，憋不住，他們兩人比手劃腳又在爲中國的政治前途「把脈」了。

一小時後，大劉滿頭大汗走到門外。

我和小劉正相偕赴「派克」唸書，大劉大吼一聲擋在走道前方：

幹！艾倫在我房間，這是最好宰他的機會。我一個人太累，他媽的，很多政治術語不能翻成英文，你們來幫個忙。

不行，明天就要考試了。小劉說著繼續走，頭也不回。

你呢？大劉指著我，帶著無限期盼。

我？開通宵也寫不完的報告，對不起。

我也低著頭閃了，頭也不回。

好，我記得你們了，你們這批豬！大劉罵著走回屋內，用力關上房門。

沒什麼好辯的，他喜歡大陸，叫他搭直昇機在北平天安門降落好了！小劉聳聳肩，把雪帽拉起來，外面刮著風，落葉沙沙飄飛。

我猶豫著，載上手套，然後圍巾、毛帽，一腳跨出了麥當勞，走上那條小徑。

右側活動中心燈火輝煌，聽說是猶太師生正在歡度他們的紀念日，遠遠可見觥籌交錯，紳士淑女們笑作一堆，好燦爛的景致。

以色列能復國是一個奇蹟。我說。

小劉點點頭，讀著自己的腳步前行。

今晚在好時年有個非洲之夜，弱小民族辦了一個迪斯可舞會，我還被洗米喲敲了一筆什麼贊助金！我又說著，踢著一地落葉。

我的室友老黑也去了，他是一個革命理論家，我最討厭理論家，只說不做。有種爲什麼不回去他自己的國家？每天寫詩，看小說，偶爾揮揮手說革命，眞沒種！小劉輕易底激動起來，手中捧著的書差點掉落。

我們不也是這樣離鄉背井了？我問他。

我想到了屠格涅夫的《零餘者》（Superfluous Man），李歐梵好像在那兒也提過。知識份子的無力與頹廢，在時代的大悲劇下，我們不但是「零餘者」，還扮演了一種與社會疏離，遠遠自我放逐他鄉而拒絕思考的逃避者。

校園的夜色依舊淒迷，鐘樓在月光下更顯得慘澹，枯枝如鬼影般向四處怒張著。我們的步履慢了下來，那種不安在胸中漸漸蘊生。

回去吧，我說：回麥當勞！

找艾倫？小劉懂了，釋懷的大笑。

去他的報告！

去他的考試！

我們興奮的折回原路，回去啊回去，雖然英文說得不流暢，政治術語也不懂，三個臭皮匠卻可以賽過一個諸葛亮！風在身後颯颯的吹，我們哼著熟悉的民歌，不再羨慕猶太人的團結，非洲人更是站一邊去。大劉，再撐五分鐘，我們來了。去他的報告。去他的考試。

一場激烈的辯論因爲我們的加入而更是火花四濺，從孫中山先生的革命談到共產主義思潮如何引進中國。我們的焦點終於落在——貧窮，近代中國爲什麼貧窮？而中國大陸在三十年的共產主義領導下，爲什麼還是貧窮？中國的未來何去何從？艾倫依然很激動，臉變了形，更不像耶穌了。

你知道，這是場沒有結果的辯論，雖然大劉仍然用白紙寫著台灣和大陸的比較，努力要下十點結論，艾倫笑著阻止他說：

今天是三比一，你們勝了不光榮，我敗得不丟臉，不過大家不要傷和氣，我從多倫多帶來了純正中國的鹹水鴨，來，一人嚐兩塊，味道不賴！

不會是「統戰」吧？小劉問。

四人都大笑起來，艾倫搖搖頭：哎！你們！

大劉從抽屜翻出一個在舊貨攤一塊錢買整套的一個瓷碟子，把多倫多的鹹水鴨擺得整整齊齊，他又拿出從紐約帶來的香菜、醬油、蔴油，全是中國城買的，淋在鹹水鴨上面，香味四溢，像又回到了家鄉。

找老鄉一起來吃吧——小劉提議，他在北平一定吃不到像多倫多如此純正的中國味。

就像他在大陸上吃不到在美國可以廉價買到由大陸進口的魚罐頭一樣。我補充了一句。

老鄉來了，搔著頭說：

眞不好意思，眞不好意思。

我們圍著吃鹹水鴨，是多倫多的中國廚師烹調的。

我們談論著多倫多，一個美麗的城市。

我去過了。老鄉很得意：手續很方便。

老鄉，還是「你們」「行」哪，有邦交。小劉帶著酸溜溜底說：「我們」可是要簽證，挺麻煩呢。

那裡，那裡，多謝稱讚——老鄉第一次如此風光：哎呀，邦交是表面的啦，沒什麼。

不必客氣嘛。大劉笑著夾起一塊鹹水鴨下肚：現在「你們」暫時佔優勢——邦交多，「我們」有邦交的越來越少。

哈哈。老鄉從來沒在我們面前如此「有面子」過，他扯了扯破舊的毛衣，一滴鹹水鴨的油從他嘴角滴了下來：表面的啦，沒什麼。

可是，這種鹹水鴨在「我們」那兒是家常便飯呢。我很快補了一句。

其實——老鄉皺了皺眉，沒說下去。

一下子，我們全都沉默了，我們這五個來自不同地方的中國人就都沉默得一塌糊塗了。

風從紗窗吹了進來，吹落了桌上大劉剛才寫了一半的「結論」。大劉蹲下身去撿。小劉起身去關窗子，老鄉突然說：

兄弟我要告退了，你們還年輕，我可是老了，要早點睡。「同志」

們，晚安。

老鄉弓著腰，聳著瘦削的肩膀離去。

四個人互相望著，不知道誰先嘆口氣。

怎麼啦？艾倫有意打破這局面：來呀，機會不多，再嚐一口我們多倫多的鹹水鴨。

大劉、小劉和我都呆坐在那兒，筷子放著。

我先起身離去，艾倫熱絡的和我握手說：

很高興認識你，也高興能和你辯論。

我張著口，想說什麼，結果一個字也吐不出來，只是鯁著，靜靜轉身離去。

那些老外都睡了，老鄉也熄了燈，房內不見一點聲響。麥當勞又到了各國鼾聲「大鳴大放」的時候。

也許他今夜睡得著，上了年紀的人比較看得開，不像我們。或許，也因為鹹水鴨吃太多的緣故吧，誰讓他是多倫多來的呢？

我悄悄回到屋內，面對著一大堆借來的參考書和一份空白的報告，一種欲哭無淚的難受湧起，一把推開那些書，好想嘔吐。

麥當勞最後的探戈

週末午夜，校園放映了馬龍白蘭度的名片——《巴黎最後的探戈》。麥當勞的老中，包括了老鄉，不約而同的在戲院碰上了，幾聲尷尬的笑；笑只怪新聞局當初禁演了這部電影，辛辛苦苦飛越了太平洋，飽飽眼福也不爲過，更何況，英雄所見略同嘛。

臉紅脖子粗的走出戲院時，爲了表示見識廣，仍然要彼此聳聳肩說：

其實沒什麼嘛，和小電影差不多。

老鄉可是忍不住了，一路上直搖頭：

唉！色情氾濫，太糟了，美國，唉。

北平看不到吧？我們會逗他。

算了，打個KISS都會嚇死人。

在冷風中，我們討論著劇情，只有老鄉還楞楞的，一時無法從剛才那些毫無保留的橫陳玉體動畫中回到現實，粉紅的彩霞仍飄浮在他飽經風霜的面頰上，楚楚動人。

最近這幾星期，我們發現老鄉經常會被迫離開寢室，到走廊透透空氣。問他爲什麼，他總是莫名奇妙地羞紅著臉說：

屋內空氣不好。

那一定是同房的老黑抽煙了？

他搖搖頭。

那一定是老黑不洗澡？

仍然是搖搖頭。

最後老鄉終於想出了比較含蓄的說法：

同房的老黑經常帶黑女人回來「跳探戈」。

哦，原來如此。麥當勞住的不少黑人都對這種遊戲有偏好，有時當著你的面，就如同當街交媾的兩隻狗一樣，很原始風味的。

那你應該向他提出抗議的！巴西王說。

或者假裝沒看見，繼續工作。大劉說得最輕鬆。

你應該留在原地看場活春宮，在紐約看還得花幾塊錢哩！小劉說得似乎更划算。

乾脆，老鄉，你也找一個，也跳一跳「探戈」，和老黑對抗！不知誰下了結論。

越說越黃了，老鄉只笑得吱吱叫：

我除了散步，別無他法。

顯然，三十年來不同的教育方式，使得孺子不可教也。只好任憑老黑大跳探戈，老鄉大散其步，我們這些有同胞大愛的人也幫不上什麼忙了。

終於有一天，老鄉散步散火了：

這回，非得讓他來個「麥當勞最後的探戈」不可！

我們幫他擬定了幾套戰略。其中有一套，很快就發生了效用。

某天夜裡，黑女人又潛入老鄉的宿舍，不久，房門關上。

這回，老鄉並未走出來散步，他留在屋內。

那一對黑男女不顧老鄉的存在，仍然大跳他們的「探戈」，我們彷彿聽到了床板的震動，如非洲叢林的獸動。

三分鐘後，房子內傳來了一陣歌聲，莊嚴神聖而高昂——那正是老鄉用他那純正北平鄉音唱著的美國國歌，咬字清晰，氣勢逼人，一瞬間歌聲怒潮澎湃！

不久，只見黑女人提著裙子從屋內逃竄出來。

接著，光著上身的老黑也跟著跑出來。

美國偉大的國歌在屋內嘹亮地迴盪著……。

我們衝進了房內，老鄉正站在床上，雙手互抱在肚臍前方，顯然是用了丹田之氣在唱，他越唱越起勁，一發不可收拾，怎麼喊也止不住了。

我們離開那房間，替他掩上了門，忽然想笑——

怎麼會想出這種點子的？

嗯，大概美國的國歌眞會讓人倒足胃口吧？

這項重大的發現，決定申請國際專利權，我們一致同意，這是將

「麥當勞最後的探戈」事件具體的收穫。

愛情單位換算

有件事情像伊朗扣留美國人質那般困擾著全美國，那就是他們一直企圖把全國的英制測量單位換成全世界通用的公制，卻因爲耗資過鉅，遲遲不能下手。更何況一位美國老太婆因爲換算太麻煩，頓時覺得生活無趣而自殺抗議，這可叫他們這不斷輸出外援爲別人解決問題（也順便製造問題）的泱泱大國也成了過江的泥菩薩了。

這樣遲遲的不改過來，麥當勞第一個受害者就是大劉了。

某天清晨，各路老中正口銜三明治，腳繫台灣布鞋，手夾洋裝書匆匆奔向自己教室的當兒，可憐的大劉，正蹲在樓梯口量樓梯的長寬高，汗水順著樓梯往下滴，只聽得他滿口三字經。相詢之下，原來是上週交上去的建築設計圖被猶太老師退了回來：單位不對。

美國式建築不一樣就是不一樣。然後又是一句老長的「n」字經！大劉用力揩去了額頭的汗珠，轉身又去量門窗了，口中仍然不停的咒罵著，他預計要花上一整天的工夫才能把麥當勞的每一個角落都量過一遍，糾正單位。

還好，葡萄糖的原子分子在美國和我們國內是相同的，不然，我也要成爲受害者了。

什麼東西都可以量，都有單位，可是，愛情聽說是不太好測量的，不管用英制或公制。有一天，這問題成爲麥當勞老中的聊天話題。

首先，我提出了個人的高見：

愛情的單位是公克。

她買了一個小彈簧秤，雜貨店用來秤糖果的那種，每天信寫完，就秤一下：航空信十公克新台幣十元，每超過十公克外加六元。後來又調整了一次價格，十公克要十二元，也就是說愛情也隨物價調整了。

我可以想像她每天晚上都要秤一次信的動作，所以我認爲愛情的最小單位是公克。

難怪難怪——大劉拍拍他微凸的啤酒肚說：我已經有一個月沒收到愛情了，大概每次都超重，又被退了回去。

最好的辦法：買一個彈簧秤！向她看齊。

於是所有在國內有「愛情」的老中紛紛登記，一次買一打會有折扣的。

小劉提出了另一種測量愛情的單位：

打長途電話的時間——分鐘。

平日最省吃儉用的章，一個月一通長途電話打給未婚妻，三分鐘——一秒也不差。打之前可以興奮兩週，打之後又可以回味兩週，一個月一晃就過去了，很划算的。

而傳說中麥當勞的最高紀錄是二十五分鐘，由三年前一位姓范的中國學生所創。據說，每次他拿起電話筒，他那懷有身孕的妻子便開始哭泣，哭夠了二十五分鐘，掛掉電話，留下了這個紀錄，這眞是個昂貴而奢侈的愛情。

自從我搬進麥當勞後，就很順利的打破了這個紀錄。儘管我會捨不得買新大衣，而跑到舊貨店撿老美不要的便宜風衣，但是卻忘了每打一次長途電話都足夠買一件新大衣了。他們都說不瞭解我，其實我又何嘗瞭解自己呢？每回打完長途電話都重新對天發誓：下次要「節制」一些。結果還是講起話來像身在國內打家中的電話聊天，不知時光飛逝，把下個月的房租和飯錢都講光了。

不過，有個煩悶無比的下午，巴西王竟刷新了我的「愛情分鐘」。那是一個很愼重的下午，大劉、小劉和我陪著巴西王到「紅夾克」蕭的住處去打長途電話回巴西。

每一個月，巴西王就要打這種神秘的電話回巴西，因爲用葡萄牙語傳達，我們永遠猜不出來他打給誰；不過看他那眉飛色舞的神情，當然也是在愛情上下賭注啦！

我們照舊在他眼前放了一隻會讀秒的電子錶，然後照例說：切記，時間就是金錢！

雖然聽不懂他那似土著的語言，但如果是情話，那還是不忍竊聽的，於是我們替他掩上了門，在門外散步著等他。

十分鐘過去了。小劉說：唉，五公斤肉、一袋米飛囉！

十五分鐘過了，巴西王仍然不見動靜。蕭說，足夠讓我們去高級牛排店吃個撐死倒斃的。

二十分鐘了，大劉再也忍不住，用力敲門喊著：

喂，巴西王，看看你面前的電子錶，可以讓我喝一年的啤酒了，而且是我平常吃不起的那個廠牌，懂不懂哇！

沒有反應。巴西王必定如癡如狂了，唉，戀愛中的男人，搞不過他那赤道巴西式的戀愛比南台灣還熱。小劉用手當扇子扇了扇那從屋內冒出的煙——巴西叢林來的瘴氣。

二十五分鐘。大劉一馬當先破門而入！巴西王正埋首疾說，可恨的是我們聽力障礙，只見他左肩掀動兩下，右眉抖了三下，一串古怪的笑接上，然後又正經八百的滔滔不絕如直瀉的江河。

他揮手示意要我們出去——

Go out!

他向我們吼了一聲。

大劉拿起電子錶在他面前晃了三下，他仍然不領情，用手勢要我們別嚕囌。

我們四個人很沒趣的蹲在門口，眼見一桌中國式的酒席連筷子都來不及拿就不見了！

搞不過你們這些人，唉。大劉仰天長嘆，這筆錢可以幹多少事情哪！

大劉順便瞪了我一眼，似笑非笑地：

老兄，你的紀錄就要被破了。

噢，巴西王的愛情分鐘比你的顯然還要長一些喲——小劉略帶譏諷地看著我：癡心男子古來多，安份女子誰見了？

有膽量一個月不給「ㄚ頭」寫「愛情」和打「愛情」？我反問他。ㄚ頭是他那結婚才數日便告分離的小妻子。

不行啊，看在那些可以吃的食糧份上，還是得按時寫幾公克「愛情」和打幾分鐘「愛情」，不然會彈盡援絕的。小劉說。

哦，我懂了，這就是要先娶老婆再出國的優點？蕭終於想通了——也太晚了。

巴西王終於創下了麥當勞的新紀錄，臭汗淋漓的走出了房間，向我們揮手，接受歡呼：偉大的愛情長度。

巴西王掏出了從廁所撕下來免費的衛生紙擦汗，面帶勝利的奸笑說：

我終於說服了我老母再寄一筆錢來，我打算買輛車。
巴西王一個月一通的神秘電話從此傳遍全麥當勞。
不過巴西王仍然堅持他的「老婆」是全麥當勞最好的。
爲什麼呢？有老婆、未婚妻、女朋友的老中都不服輸，也不懂。
因爲，我連女朋友都沒有，你們是死會和快死的活會，而我是剛開始的活會，希望無窮！這是巴西叢林哲學。
全麥當勞有老婆、未婚妻、女朋友的老中都啞口無言了，巴西王的愛情是無法用彈簧秤和長途電話來衡量的，因爲它——遙遙無期。

三根雞骨頭和一個魚罐頭

在一頓渾渾噩噩的午餐後，大劉突然問我說：

那串鑰匙你還我了嗎？

還了啊。我很本能的回答，雖然自己也有些迷糊。

可是我找不到了。他很憂心的摸了摸口袋的位置，當然什麼也摸不到，因爲他穿著內衣內褲。

我回到寢室在桌上胡亂摸了一把，沒有大劉的鑰匙。窗外的殘雪鋪在泥地上，校車駛過後，雪和泥便混作一堆了。屋內的暖氣很暖，有若夏天，那白雪便有點像在影片上所見到的景象，沒有一絲寒意。

大劉又踱到門邊問我：

有沒有？

我搖搖頭，然後陪著他回到了午餐現場。

桌子已收得很乾淨，垃圾也倒掉了，只剩黑白電視內一個黑人女歌星在搖擺，無聲的唱著，巴西王正收拾著書，準備去圖書館了。

我們三人開始在「巴西別墅」翻箱倒櫃了一陣子，又趴在地下朝四處張望，除了床底的一根雞骨外，什麼也沒有。

小劉本來在鏡前梳著頭髮，立刻也參加了尋找鑰匙的工作，一邊找一邊恐嚇著：

宿舍鑰匙是不能丟的，老美做事很呆板，如果知道你遺失了大門鑰匙，他們會重新換一套新的鎖，全宿舍的學生都要換新的鑰匙，這筆錢要你付，不少哩！

哇操——巴西王笑了起來：別開玩笑了，那不便宜呢，少說要幾百塊美金。

大劉抬起沾滿塵灰的臉一下笑不出來了。

沒那麼嚴重。我安慰他：自己去外面打一把大門的，向喬借一把房間的鑰匙，再打一把，就好了。

不行，那串鑰匙還有系辦公室的。大劉哭喪著臉。

到垃圾堆裡翻一翻！巴西王建議。

於是巴西王和大劉順著垃圾洞往樓下走，找到了垃圾收容口，巴西王翻了翻剛才吃午餐時墊在桌上的報紙和一些電腦打卡紙，就是沒鑰匙。

我和小劉去問剛才一起參加吃午餐的何，何正在念書，他笑著說：

我沒看見。再找找看吧。

然後他又轉身繼續念書了，我們只好快快的離開。

小劉看看錶說，算了，咱們也去念書吧。

可是那鑰匙——我很猶豫底站著。

總不能一直找下去吧？明天還有習題要交。

小劉說著，便上樓去拿書。

小劉走後，我陪著大劉唉聲嘆氣。

他媽的，如果眞要賠鑰匙和新裝鎖的錢，書也別念了！大劉嘀咕著那可能的賠償，他是自費念書的，不能再有任何開銷。

是啊。他媽的。我附和著。

算了。走，去圖書館念書去！忘掉這一切！大劉莫可奈何的聳聳肩。

他走進房內收拾著書，我也進自己的房間拿書包。

我的室友肯亞的洗米喲回來了，我把這件事告訴他，他很同情的笑了一聲，粉紅色的舌頭和血紅的口腔令我難受。

再找找看吧。他低著頭在抽屜找東西，拋了一句廢話。

眼看這件事情將告一段落，沒有人再有興趣於這件小事——在如此緊張繁亂的生活中，一個中國學生遺失了一串鑰匙，多麼微不足道啊。

我想不通這件事的前因後果，呆立桌前重新過濾一遍：

午餐時因爲打牙祭，所以各路人馬都聚集了。因爲有一罐中國大陸的魚罐頭，所以特別邀請我們從北平來的老鄉。當時缺了一份碗筷，大劉把他房間的鑰匙交給我，我去他房內取了一份碗筷，鎖了門，回到巴西別墅。似乎把鑰匙和碗筷一起放在魚罐頭旁邊，然後就不記得了。

然後大劉就發現鑰匙不見了，所有參加午餐的朋友此時也沒有吃飯前的那種勃勃興致了，眼看就沒有奇蹟了。我把書放入書包，走到走廊，大劉也夾著兩本書出來，兩人相視苦笑一下。

突然我問他：

剛才在垃圾堆中有沒有發現空的魚罐頭？

大劉想想，搖搖頭。

那就表示你和巴西王在找垃圾堆時，有一部份垃圾已不在原來的垃圾收容口，我很大膽的推理著。

哎呀，算了，忘掉這一切。大劉說。

你捨不捨得賠幾百塊美金？我問他。

不捨得又能怎麼？他有些猶豫底看著我。

過了明天，希望更渺茫，所以，我們再去找一次垃圾房，一點一滴的找。

大劉放下了書，贊同了我的想法，我們又去找到巴西王，只有他熟悉他用那一種報紙包裝垃圾。

在垃圾房內，一位美國佬正把垃圾打包準備運走。我們請求他等一下，同時把那些已打包的垃圾再打開。

一張紙，一片鐵皮，一點一滴都不放過，我們三個人像狗一般在垃圾堆內翻弄挑撥著。美國佬掩鼻走到房外。

不久，巴西王說，有幾包垃圾的包裝紙是他房間的，我們從已打包垃圾袋中取出來，一層又一層的撥開。

其中有一包還包著三根雞骨頭和那個魚罐頭。那都是午餐才吃過的。在下一包中，我們發現了那一串可愛的鑰匙在滿是油漬的雞胸骨中。

大劉狂喊一聲，撿起鑰匙，又哇哇的大叫幾聲後狠狠的拍了我一掌。巴西王在一旁傻笑著，我也跟著亂吼亂叫。收拾垃圾的老美很不高興的走來，重新收拾垃圾。

我們幾乎是用跳著離開垃圾房，跳著上樓，彷彿在海底撈到了針一般的不敢相信。

哇——他媽的。大劉拿起那串鑰匙，左看右看，怕是又有什麼差錯。在樓梯口遇到洗米喲，我告訴他找到了。找到了！找到了什麼？洗米喲又吐出了粉紅色的舌頭和血紅的口腔，走進了廁所。

回到房內，從窗望出去，一輛藍鳥校車停在活動中心門口，一群學生，有黑，有白，有黃的夾雜著湧進車廂，雪依舊白中帶泥土色，而房內依舊熱得像夏天，一個下午就快泡湯了，我背起書包，離開了小房間。

大劉在走廊等著我，噴著煙，那神情多麼優哉游哉。

我們沉默的走了一大段，大劉把煙屁股投進垃圾筒，又仰起脖子笑了起來。

和電影談戀愛的青木

有一段日子活動中心排出一系列的拉丁美洲電影欣賞會，有阿根廷、巴西、墨西哥等國作品，水準不高，和國產影片差不多；但是爲了多見識些，我還是每場必到。在台灣除了戲院那些有選擇性的影片外，想一系列研究某個導演，或某個國家、某段時期的電影是件很困難的事。偶爾打聽到某處有違法的錄影帶正在播放，而又是一些經典之作，還是想盡法子偷溜進去看。我想這是整個社會不重視電影，也並無心在互相觀摩中吸取、進步的心態所造成，因此一見到有這種系列活動，忍不住就被吸引了。

老外對這種系列活動是司空見慣了，因此除非好電影，這種水準較差的，經常是小貓三、兩隻。放映師也見怪不怪，觀眾只剩兩、三人，他還是照放一次。

可是不管人數再少，我總會遇到另外一個外國留學生青木，坐在前排，蹺起二郎腿。

青木和我住同一層宿舍，或許是對日本人的反感吧，我和他只有點頭之交。

那次是放墨西哥片，講述一個革命的英雄，大概是一九一〇年爲推翻狄亞士政權所引起的流血革命，薩巴達那種游擊隊的故事。雖然是不同的種族，但是爲了土地與自由，爲了拯救被蹂躪的勞苦大眾，爭取一個眞正完整、獨立的國家所付出的悲慘代價同樣是令人心醉的。

當那電影中的革命英雄率領著傷殘的部下，騎著瘦驢一字排開，緩緩行過漫漫的沙漠時，熱情的主題曲從四面八方揚起，觀眾席中有人也哼著，大概是懷鄉的墨西哥學生吧。

散場後我又遇到青木，我忍不住問他：

你喜歡看電影啊？

啊——我簡直是瘋狂極了。青木笑著說：我愛死電影了。

功課不忙嗎？

沒關係，一年後就回日本，不拿學位的。

青木是日本醫科畢業生，來紐約研究一年，那輕鬆的模樣令人羨慕。

我和青木並肩走過霧氣深濃的小徑，校園靜得很，偶爾才會有埋首行過的人，但也看得不眞確。

青木告訴我他從小對電影的癡迷。住大阪時，經常一個人搭車去附近的戲院看電影，不管好壞，只要是用那些影像組合成的故事就好。

有一回看了一部以小孩為主角的故事，簡直入了迷——青木在空冷的校園又激越了起來：我一次又一次的去看，看到下片為止，覺得非常失落和寂寞，好像什麼都結束了，包括自己的一生。雖然才十二歲。

那種感覺我也有過，不免心裡一驚，忍不住告訴他。

電影之所以成為現代社會中最容易打動人而又老少咸宜的藝術，應該是人對自己生活的重現，再造和自覺，甚至於逃避，都可藉著它得以發洩。

我和青木竟然都有相同的觀點，他談起日本的導演大島渚和篠田正浩，我只在一些書籍中見過，眞正的作品卻沒緣欣賞，他對國片的瞭解也僅止於李小龍的功夫片。

他說大島渚的作品中幾乎沒有綠色，他甚至把一切可能的綠意都在鏡頭內排除。

他一定喜歡黃色、紅色吧？我猜。

對——他笑了：性與暴力。

不過他之所以可貴還在他的自覺。青木又補充著：日本軍國主義的思想在戰敗後雖然使日本人重新反省，但是韓戰以後的高度經濟成長又使日本人忘記了屈辱和挫敗，那種反省很快被沖淡，甚至忘得一乾二淨，大島渚在一些電影中就批判了這種現象。

台灣的國產電影，最缺乏的正是這種充滿對社會和歷史文化的自覺與反省，有的都是蛋糕上的奶油和蘇乃斯上的泡沫。我如此想著，卻不便啟口。我只是告訴他，在台灣有很多電影人才，在適當的環境下會有超越過去很多的表現。

我和青木順著舊校區那些在霧中的古樸建築物繞了兩圈回到宿舍，沒想到在異鄉遇到了可以談電影的朋友，卻是個日本人。

後來的幾場電影，我們還會到對方的門口敲兩下，提醒對方，看完了一起回宿舍。

除了電影，其他方面的問題很少談，甚至有些格格不入，我們還是有距離的。

離開水牛城時也沒和青木打招呼，他可能又溜到城裡去看美國片了。

到了洛杉磯的第一件事就是想跑一趟好萊塢的環球片場。

一大早到了片廠門口，還沒開門。停車場只有幾隻小灰鴿，清潔工人灑掃著，一切顯得很冷清。

買了七塊五毛的門票，在一個解說小姐的引導下，搭上了小型遊覽車，和那些不知從那兒來的無聊旅客一起，展開了一趟對我而言毫無意義的參觀。

那種參觀的對象應該是對電影很陌生的人才適合的，很膚淺而幼稚的二、三流演員，表演著一些看似滑稽的特技和魔術，說的一些美式幽默也眞令人笑不出來。偶爾冒出來的大白鯊，星際大戰裡的各式人物和武器，胡鬧一陣，貧乏而空洞。

一些在美國電視影集中較出名的科學怪物當街走著，和一些旅客開玩笑，挾持著小姐或小孩，大驚小怪一陣，像野台子的把戲．絲毫引不起我的興趣。

倒是一些老式的西部建築物，一街一巷的，令人想起早年的約翰・福特或約翰・赫斯頓，三〇年代末期的《驛馬車》和《怒火之花》，都是童年印象中很深刻的作品。對目前當紅的喬治・盧卡斯、史蒂芬・史畢柏的作品反而陌生，那陣子太忙，也都錯失了良機。

遊覽車上了山，有一段休息時間，我俯瞰著整個片廠，雖然這是一個世界公認的電影王國，可是它大量的商品式的媚俗之作，所表現的精神像是世界末日來臨般的無助和嘲諷。

想著想著，突然在不遠的小山坡有個人向我吹口哨——定神一看，竟然是青木，他提著一架照像機。

怎麼你也跑到加州來？我不太相信這種巧合。

到處玩玩呀。他顯得很高興。

眞沒意思。我說：走馬看花，什麼也沒有。

不錯呀，只是門票嫌貴了點，不如去狄斯耐樂園。

在下山的途中，青木談起美國電影，他說：

美國人一直想找回建國時期那種拓荒開墾的精神，在一大堆逃避、幻想的好萊塢產品中，像山姆畢京拍、亞瑟潘之類的……和他比起來，日本電影就顯得狹隘而小氣。

青木的分析稍稍修正了我對好萊塢的惡感，他似乎比我冷靜多了；他也使我對日本年輕人那種看待本土文化的觀點有了較好的印象。

和青木分手後，彼此都懶得留地址。也許，我們期待下一次的偶爾巧遇，然後又聊一段有關電影的種種。五年、十年，在地球的某個角落，我會對青木說，現在的台灣電影啊如何如何，那些優秀的工作者都是我的好朋友，至於我嘛，就是你抬頭可以看到的那個名字。

青木會吹聲口哨說——哇，看不出來呢。

查理・蔡的四個現代化

我將兩份丟棄的校園刊物剪出一個頭顱般大的中央洞從他頭頂套上去，拿起牛角梳在他後腦杓的一綹——也是整個腦袋唯一的一綹頭髮上梳了兩下，舉起了剪刀。

老鄉慢條斯理的對我說：

小兄弟，你一邊理一邊量我腦袋瓜的半徑……。

我懂啦。我很快打斷了他的話：

眼看第四個現代化就要完成了！

老鄉嘿嘿的笑了兩下，像咳痰的聲音。

反洗衣板！同志們

老鄉剛搬進宿舍不久，見了我們總是笑得有些畏葸，尤其當我們聚在一塊吃台灣生力麵加巴西白麵時，他總是遠遠的避開——搞不好，這些從台灣來的傢伙是有組織和訓練的，不然怎麼老愛聚在一起嘀嘀咕咕的吃東西？

漸漸的，和我們混熟了，偶爾也敢和我們分食了。

有一天，背後有人大叫著：

同志，請等一下！同志……。

我猛一回頭，整個走廊只有我和老鄉，那就是喊我了？我止住了腳步，用疑惑的眼光看著他，他一臉大汗，手中抱著一袋衣物：

同志，請問一下……。

他推了推眼鏡，弓著腰，似乎警覺到這個稱謂不對，立刻改口：

我是說，密斯脫李，那兒有洗衣板？

幹什麼用呢？（我沒懂，腦筋眞的沒轉過來。）

他舉起手中那袋衣物晃一下：

洗衣服呀！

地下室有洗衣機和烘乾機。我解釋著。

我知道，同——不，密斯脫李，我不習慣啦。這幾件衣服用手搓搓就好了。

可是美國沒有洗衣板呢。

整個美國都買不到一塊洗衣板呀？那你們呢？我是說在台灣的同胞……。

我家二十年前也用過，後來被一個學現代雕塑的朋友拿去當他的作品，掛在藝術館展覽……

哦。他看著手中那一袋衣物，有股異味淡淡飄了出來，控制不住的肩膀抖了兩下。（我們猜是因爲勞改的結果）

來紐約以後就沒有洗過衣服吧？我深呼吸一口。

從北平起飛後就找不到洗衣板啦，怎麼洗？

入鄉隨俗嘛，來，我帶你去地下室。

於是在悶熱的地下室，我告訴老鄉如何使用洗衣機和烘乾機，指著投幣口，他傻住了：

還得花銅板啊？一次五毛錢，我算算看人民幣……。

老鄉有些猶豫了，他苦笑著。

我從口袋摸出了幾個兩毛五分的硬幣給他，他堅持不要，連連說：

我自己有，我自己有。

我打開一個已熄燈的洗衣機的門，抱出了裡面一大堆牛仔褲、大浴巾、T恤、內褲、襪子……花花綠綠的朝烘乾機上一堆：

這些是老美的，洗完又忘了拿走，對付他們別客氣，你要用的時候就把它們丟在一邊，千萬記住，別客氣，烘乾機是大家公用的，你也繳了錢，這就是美國——滿嘴excusse me，說穿了一切該得利益誰也不讓。

他聽得目瞪口呆，解開了包袱，幾件陳舊的內衣褲，和幾件在美國車庫拍賣的廉價美式大衣落在地上，我幫他丟進了洗衣機內。據小劉說，他帶老鄉到車庫去撿這些廉價品時，告訴賣這些廉價物品的主人說，這位朋友來自中國大陸，很窮，能不能再便宜一點？結果那個主人竟偷偷在賣給他的大衣內丟下了兩個硬幣。於是當我又再眼見到這些美式舊大衣時，有一種爲老鄉羞憤的情緒，又說不出口。

洗衣機在呑入了兩個硬幣後便嘩嘩的吐出大量水來，老鄉好奇得漲紅了臉。

我拍拍他瘦削的肩頭，學著他的口氣說：

同志們，從此丟掉洗衣板，改用洗衣機——這是邁向現代化的第一步！

哈哈哈。他指著我笑開了：

你的意思是——反洗衣板是第一個現代化？

請叫我查理

記不清楚是從那一天起，老鄉不再說國語了。連他的門上也換了一個新的名牌——查理·蔡。

在走廊相遇時，一定是一串英語的問候，反正，再怎麼結結巴巴，也找不到一個中國字了！

這在「麥當勞」是件頗震撼的事——老鄉滿口英語！

或許他在某天摔了一跤，跌斷了某根筋，不會講國語了，小劉總是想歪了。

不，我想是唐山大地震的後遺症——小何也湊一嘴，那時他從屋裡衝出，口中怪喊怪叫，全是別人聽不懂的洋文。

那麼，他還會不會說國語了呢？這是大夥最後的疑問。

很快就證實了這個疑問，那回是在宿舍的浴室，我們一塊兒洗澡。照例他又是滿口英語，我仍然沒學會用英語對著自己同胞說話。

於是他一句英語，我一句國語的聊了起來，很快他遇上了困難，他改用國語問我說：魚丸——魚丸英語怎麼說？

魚是FISH，丸是BALL，就叫FISH BALL。

他眉毛一掀，很快又改成一串英語，老實說，我聽得不太懂，魚丸聽成了魚池。

不久，問題又來了，他又再次用國語：

對不起，章魚，八隻腳的章魚怎麼說？

OCTOPUS——OC這個字頭有八的意思。

你不錯嘛，密斯脫李！他聳聳肩，用肥皂擦著背，屁股挺得高高的。

廢話——我唸的是生物。我說。

OC有八的意思，那OCTOBER爲什麼是十月呢？

這——老鄉，英文又不是我發明的……。

對不起——他繼續操著英語說：請叫我查理——或者查理．蔡，O.K?而且請改用英語和我講話！

我腳底一滑，差點呑進一口蓮蓬的水，他扶了我一把說：

Be Careful、

去你的——老——查理．蔡，最近是怎麼一回事?我終於忍不住了：你知道我很受不了兩個中國人彼此用英語交談！

端著臉盆，我們一塊兒走出浴室，他一邊揩著脖子上的水，一邊笑瞇瞇的朝著我歪歪嘴：

Don t, forget, this is my second MoMo——現代化啦！

Modernization——他媽的！我搥了他一下，受不了。

這就是我們老鄉，應該稱查理．蔡的第二個「現代化」。

醉雞舞

小劉告訴我一件事，是那種聽起來既好笑又難過的。他說有一天老鄉從冰箱裡端出了半隻雞，愁眉苦臉的對他說：

小劉，除了雞以外，美國還有什麼可以吃的？

原來是小劉告訴他最省錢的吃法就是買一隻全雞，每餐吃一點，比吃其他東西都便宜。於是早餐牛奶配雞爪，中餐吐司配雞翅膀，晚餐喝雞腿湯，如此已經一個月了，老鄉說他現在渾身美國肥雞味，連走路都像是雞在走了。

於是我們決心找個地方給他打打牙祭，免費的最好，那麼當然是去那一對中國夫婦施家了。

藉口是招待海峽彼岸的同胞，海峽此岸的老中們對那久違了的火鍋大餐也早已垂涎欲滴，當掀起了火鍋蓋的那瞬間，十幾雙筷子齊下大幹一場後才發現老鄉靜坐一隅，連蛋黃和沙茶醬都還沒調好。

施先生連連搖頭說：

下一鍋等我們老鄉吃個夠，各位才准動手，不然……。

沒關係，沒關係。老鄉低著頭，很不習慣這種太熱騰騰的場面，控制不住的肩膀又聳了兩下。

對，我們要發揮——老馬嚼完了滿口的牛肉後說：發揮同胞愛！

施太太抬出了兩打啤酒，或許老鄉也被「同胞愛」感動，連灌了三罐啤酒，原本黯淡的臉色紅亮開來，話也多了，他又恢復第二個現代化——語言英語化。

有人提議放國樂，來點懷鄉的氣氛。立刻有人反對——No，absolutely no!

大家注意發言的人，我的天，竟然是他——老鄉，不，應該習慣稱他——查理．蔡的。

How about disco?

查理．蔡斜著頭，徵求主人的意見，施先生尚未適應查理．蔡的「現代化」，就放了一段迪斯可錄音帶。

大家也只搖頭晃腦，拍手擊腿，沒人帶頭跳舞。

大夥有些惡作劇的指名要查理．蔡跳一段。

查理．蔡忽然起身，把土黃色毛線衣脫掉，當眾大跳起來，醉意很濃的雙手都泛著紅光，眾人爲他打著拍子。

他邊跳邊用英語說：

我太飽了，要運動一下。

他跳著，完全不按牌理出牌，像火車出了軌。

告訴各位——他繼續說著：這不是迪斯可，而是一種比迪斯可更進步的——醉雞舞！

想到了他連續一個月的全雞大餐，我忍不住笑了。

我想我也是醉了，不然怎麼也很亢奮的用英語問他：

這是你的第三個現代化嗎？

當他說YES時，一臉是油水；我說油水而不說汗，是因為那油水的成份並不止是汗，還有口水，和少許的老淚。

沒有人眞的瞭解老鄉，我們距離他太遙遠了。

他那跳雞舞的笨拙姿勢逐漸模糊起來，因爲在場的每個老中都醉得差不多了。窗外的雪在夜裡格外鮮亮，仍然有一陣沒一陣的下落。

假髮

我在臨行前答應過老鄉一件事：回台灣以後買一頂最好的假髮送他。

這個承諾是我即將離開紐約的麥當勞宿舍前一天替他理髮時給他的。

面對著他那禿了頂，露出一塊像山東大餅那樣滿月的頭皮發楞，一邊為他修剪後腦杓那綹頭髮，靜靜聽他的傾訴。

小兄弟，你曉得我眞正的自卑嗎？和你們站在一起，看你們活亂跳的，多麼青春？就算我完成了三個現代化，這副外表也夠寒酸了，尤其是我這個頭……。

其實聰明的人都是禿頭──我象徵性的咔嚓一下，把他頭髮末梢剪去一點點，安慰著他。

小兄弟，在美國不一樣。你看看他們的學生，長髮披肩，面頰故意蓄著鬍子，胸毛一把一把露出來，腿毛一卷一卷，都是活力啊！所以，我一直有這個心願，買一頂假髮——從此不再自卑了。

我不再吭聲，用梳子梳了梳他那一綹毛髮。

小兄弟，你買最好的，可以亂眞的，可以透氣的，等下學期經濟情況好轉，一定如數奉還……。

唉。我嘆了一口氣——老鄉，送你都沒問題，只是——。

老鄉沒懂我的意思，我也懶得解釋了。

我會助你完成第四個現代化。我拍了拍他的肩，像自家兄弟般親熱。

回台灣後，找了好幾家假髮店，最後買了一頂用泰國進口眞髮織成的產品，託了一個要去美國的友人帶給他。這期間他還寫了兩封信，把他的頭型正面側面、半徑都註明得很清楚，心中那份焦急可想而知。

不久後，他託朋友退回了這頂假髮——理由不夠長，要求我換另外一頂。他信上說：

我要像老外那種長到脖子以下的，比較年輕。

他等不及我再換，已經買了一頂尼龍絲的，先行套在頭上亂眞一陣子。

老劉來信告訴我，麥當勞在一夜之間多出了一個長髮披肩的中國人，沒有人認識他，大家指指點點覺得他又似曾相識，因爲他那控制不住的肩膀依然會抖兩下……。

就這樣，我們的朋友查理．蔡終於如願的完成了他的四個現代化，留給我的是那一頂不夠長的泰國毛假髮和一個難以磨滅的形象。那痛苦的形象將終生纏繞著我到老到死方休。

用英語思考的中國女孩

那天晚上和阿維約好在系館一起唸摩根的胺基酸，她的晚餐永遠是三明治和一枚蘋果，而我卻頂著風雪跑去研究生宿舍吃一頓伙食團的魚排。

從餐廳出來，我順道去八角大樓看信箱，取出一包妻兒的照片。到系館的第一件事就是向阿維展示手中的照片。

你長得有些像我太太。我很冒失的對她說。

哦——她接過照片，淺淺笑道：她很可愛。

嘿嘿——我有些尷尬，覺得自己很蠢。

當我還在流連忘返於照片時，她提醒我：

快唸書吧。

阿維從○○七手提箱內拿出一大堆向摩根教授借來的筆記本和書，她總是八面玲瓏的得到我們在上課時半懂不懂所抄不來的第一手資料。

她很快就進入情況，拿出她自己整理得乾乾淨淨一絲不苟的筆記專注底看著，那一瞬間，我想到了很多過去一起唸書的女孩，都是這麼乖順堅忍的從中學、大學一直唸到研究所，連教授說話的口氣都用符號標示的那種讀書法。那味道眞熟悉。

阿維的眉毛很濃，修剪過，看得出那種剛毅的性格，眼睛很大，看人的時候不會閃爍；每當她一手提著○○七，一手夾著書，穿著長筒馬靴朝著你走來時，雖然她會親切的笑著，但是總有熟絡不起來的感覺。

從上課的第一天起，我一直不認爲她是從台灣去的中國女孩，因爲沒聽她說過國語。她總是搶第一排中間的位置，搶著回答問題，搶著發問，下課後跟著老師後面還嘀咕個不停，我猜她是日本人或ABC。

偶爾她和喬治或查理打情罵俏的英語也流利極了，我幾乎聽不懂。

直到我們一起去史密斯教授那兒接受助教工作時，她用國語問我：

你剛來吧？

你——你也是——我有一些驚訝。

我來三年了，從醫學院轉過來的。

然後她又恢復了英語：

我們講英語吧，國語說得很彆扭。

老實說，我對她印象壞透了，只因爲她這樣說。

然後她教我，一定要練習用英語思考，否則在當眾解釋自己的研究心得時會結結巴巴。

她這句至理名言，不久就在麥當勞的老中之間傳開了，偶爾是玩笑的話柄。小劉喜歡提醒大家：

喂——請講英語，同時用英語思考。

幹——有人反駁他。

請不要用國語罵三字經——改用英語——小劉又說。

Bull—Shit Damn——立刻有人會罵出來，這叫英語三字經。

就這樣——用英語思考的女孩阿維，在麥當勞一直是享有盛名而神龍見首不見尾的。

阿維一直沒告訴我她從醫學院轉到分子生物的原因。她只是說，從高醫牙科畢業後，放棄開業到美國深造是因爲對研究工作的狂熱。

那天讀得很晚，藍鳥校車最後一班也過了，我第一次搭阿維的便車。

停車場到八角樓之間是一塊沒有任何屏障的空地，經常是咻咻的狂風吹得行人連根拔起。阿維和我走到停車場時，兩條腿都僵了。阿維發動車子，要熱好久才能使用。車後座有兩根鏟雪用的鐵鏟，和一根刷車用的刷子。車子很大型，和阿維嬌小的身軀不很相稱。外面的雪片夾在風中緩緩沉落。我從側面看著阿維，不免想起她住在這雪城三年，每天起床都要鏟半小時的雪，把大車子挖出來，再駕車上學校，那種堅忍可以猜想。

我們的話題老離不開摩根的考試題目，車子沿著湖開，走上高速公路，黑黑的天，白白的地，我總想談些屬於生活上的，或者在異地的一些感受，而她似乎總是繞著實驗室的工作，偶爾談及指導教授，那個驕傲的英國佬，她的口氣總是不服氣中夾著一點仰慕，或者說，談到異性時，她的面容也會閃過女性的柔媚。

她的口才和政治手腕都很高，才能平步青雲。阿維笑著說：這些優點我都要學，我可能要跟他去德州講學，離開這兒一段時間，多多磨練。

阿維是那種一心想往上爬的女孩，她勇敢而積極。我慢慢發現她的優點是當我和她在同一時間教不同的班級，而我們正好隔壁教室時。我在上實驗課時，總有一種學生是外國人，不必太賣力的心理作祟，因此往往解釋完當天的工作後，就坐在講台上胡思亂想。而阿維永遠是一個學生接一個學生的指導，她很嚴格，所以下課總比我晚半小時。她常爲學生的事生氣，我則揮揮手說──管他們去，私底下還是很欣賞她的敬業。

阿維因母親重病而請假回台灣的那個月，由我接下她的班級。我仍然用我那套方法和學生稱兄道弟的，學生過得很輕鬆，偶爾問一些指針所指的黴菌時，如果答不上來我甚至亂講一通。他們會當面誇獎我說，哇，你比密斯楊好；他們還眞怕阿維的一絲不苟。

阿維從台灣返回學校後，和我談及她的母親，那是我第一次見她激動。她說她一直以她母親的堅強爲榜樣，因此她可以爲她母親做一切犧牲，從不太完整的意念中，我又更進一步瞭解她人格是如何被塑造成的。

每當我和阿維獨處時，從眉宇間總是會找到一點妻的影子，她那乾脆明快的作風，使我更加思念妻子。有一回，我忍不住，便把一本《生煙井》送給她，她竟也露出很珍惜的模樣。第二天一見面，她一再告訴我說她花了一整夜讀完，然後她又用英語讚美了一陣，我還是有怪怪的感覺。

當我決定回台灣後，在系館遇到她，我說出了自己的決定，她很驚訝，用國語問：

大家都想盡法子出來，你爲什麼急著回去？

然後她分析了許多情況和一切得失，我反應很淡。

你說的，我全都考慮過。我笑笑。

ＯＫ，那就好，我給你餞行。她依舊明快的作風。

考完大考後，她第一次來到麥當勞宿舍。

她的突然造訪，引起了小小的騷動，大夥都想見識一下這位用英語思考的中國女孩。

巴西王假裝來我房間借稿紙。（他連中文都沒弄通。）

小劉進來向我借原子筆。（他口袋正插了一支。）

大劉進來找小劉。（可是眼睛老盯著阿維。）

那晚她駕著車載我在一片茫茫的雪地中尋找餐廳。

那間西餐廳是由紅磚堆砌起來的，有一些紅番和野獸的圖案。沒想到最正式的一次西餐，竟是在離去美國前才吃到的。

在簡單的餞行中，她自動聊起她放棄在醫學院兩年研究的主要原因。她原來的實驗室一直很得心應手，指導教授葛林先生很賞識她，帶她到處參加研究會議。她在會議中發表她的研究心得，受到其他單位的研究員重視。

有一天，葛林先生抓住她，要她嫁給他，當時他的兒子已在大學唸書了。葛林先生幾近瘋狂的要和這個東方女孩有一段戀情，不惜用研究工作的前途相威脅。

阿維沒有接受這位主管西方式的黃昏之戀，當然實驗室也待不下，兩年的研究報告也毀了。

雖然白幹了兩年，轉了系，可是也學到了很多寶貴的技術，葛林在這方面還是很不錯的。阿維似乎不太介意這件事，談起來還笑嘻嘻的，臉上閃過紅。

那次餞行後，雖然阿維留了到德州的新地址，我卻沒再寫信和她聯絡。她那很典型的辛酸奮鬥史，如同她嬌小的身軀，在雪地中鏟著厚厚積雪，再駕著巨大的轎車奔上美國直挺的高速公路，把感情寄託在未來的事業上一樣的令人心悸。

在美國，隨處可見像阿維這樣的女孩，來到遙遠的異地，有著不同的夢，也有著很類似的際遇。你和她們擦肩而過，或者一起吃頓飯，或者逛一次商店，談一些家鄉的姑姑和爺爺，對未來仍是一片茫然未知。她們嬌小的軀體夾在高頭大馬的外國女孩之間，有時沉默得似乎根本不存在，有時又令人刮目相看。台灣的教育賦予她們很能吃苦，忍受煎熬的特性，在異地全派上了用場。

回到台灣後，出國的熱潮依然高漲，看著那些嬌小的身軀登上了巨大的機艙，總會想起比她們先一步踏上美洲新大陸的紅粉金剛，當然也包括用英語思考的阿維。對她們，我永遠是又敬，又替她們捏把冷汗。

了澈的天空是流雲的家園

順著五十五號公路到伊利諾的東聖路易時，已是暮色四合了。眼前的密西西比河在一片星光下，緩緩南流，聽不見水聲，也沒有小說中所描繪的河邊景物，當然也就吟不出〈汨羅江畔〉那樣哀怨的歌了。才一探頭的工夫，車子駛過了橋，那拱形雕塑隱隱伸入淒清的夜色中，知道又跨過了州界，來到米蘇里的聖路易了。

用燈管扭成的天使，亮起了翅膀和吹奏的喇叭，把一個近聖誕節的聖路易之夜襯得安詳而空洞。我走在如此氛圍下的聖路易街道，手中丟著一枚銅板，一直盤旋著想打通電話給薛。也許一通電話，我們十分鐘後就見面了，給他全家人一個驚喜；或許只在電話中聊聊，法蘭西斯好嗎？羅賓會說話了嗎？仙喜亞呢？你呢？

把銅板丟得高高，接住，放入口袋，沒有做最後決定。

我孤獨地躺在一株葉子尚未落盡的樹下，四周的天使用微光映著腳底的落葉，這是一個連狗都沒有的公園，有家的人都回家了，會在這時候逛公園的，只有流浪漢和過客。我閉上了眼，隔著薄薄的眼皮，彷彿有影子在晃動，天使的光更耀眼了，突然我想到很久很久以前的一張黑白照，一個短髮的年輕人站在一個不知名墳墓前，將帽子放在胸前，也不知道向誰致敬。照片的背後，有一首詩：

樹晃影　風蕭騷

馳遊的星　拍擊著歲月

閃著光年前的輝芒
了澈的天空是流雲的家園
大地是你植根的方室
自我之手接引你遠曳的影子
在山那邊　於海那角
有著豐美的安詳
且飲滿觴的祝福吧

該有八、九年了吧，如果現在還算年輕，那時就該是年少了。我摸摸自己的頭髮，髒亂不順而又長及脖子，躺在聖路易的落葉裡，心裡念著一些人，包括爲我照片題詩的小黑至明。

爬起來打通電話給薛吧？他一定窩在書房啃他的希伯來文。當他知道我決定回台灣後，曾寫信告訴我：很高興你做了這決定，人最重要的是做自己喜愛的事，盼望你能發揮神所賜你的創造性，在科學的領域中，我們兩人並不是最好的榜樣吧。

對於薛，一直有那種夠熟悉，又很陌生的感情。這兩年多，從在一起做實驗，到親眼看到彼此在生命中的重要轉捩點——他以一個生物學者的身份第一次回台灣講學，終於決定放棄科學，回到美國唸神學；而我以一個留學生的身份第一次到美國攻科學，也決定放棄科學，回到台灣加入電影工作，都是常人眼中荒謬的事。我們曾經在醫學院的細胞培養室中共同做那個讓生命在冰冷的培養瓶內滋長的事，難道也是件荒謬的舉動嗎？

冬天圖書館的書架都充斥著很強的靜電，每次探手取那些論文的合訂本時，一不小心就被觸個正著，渾身發冷，寒意也更濃了。那時總會想到薛，他剛到台灣時，所有的財富就是那一箱箱的書和論文參考資料——我們總是像渺小無能的人類，卑屈的臣服於宇宙的玄奧之下，唯一憑藉的就是知識了。一代又一代的學者，將心血轉化成新的知識，又累積成新的文明，而人類依然渺小無助。科學也是浩瀚宇宙中的一項很薄弱的自慰罷了：於是我們都丟棄了它。

你想人永遠超脫不了即存的悲苦，於是你願意用這一生傳道。

我想人之所以爲人，在沒有被自己毀滅前，應該用盡各種表達方式來散播自己所感受到的訊息，於是我選擇了文學電影。

這些事並不荒謬，我們都像是在冰冷的培養瓶內滋長的細胞，大地果眞也只是植根的方室而已。那麼，又管他沿著身邊流淌而過的是密西西比河，或是淡水河？

年少時，崇拜史懷哲，可是此刻當我躺在這株葉子尙未落盡的樹下時，突然有一種很飄忽的感覺。史懷哲的奉獻和犧牲解決不了人類眞正的劫難，除非讓無知與貧窮遠離那些角落。事實上，無知和貧窮才是人類眞正難以治癒的癌。

我把銅板放回了口袋，取消了打電話給薛的念頭，就當是從門邊經過而忘了敲門的過客，人原本是多麼孤立陌生於另一個人的個體啊。

有家的人都回家了，我在樹下闔上了眼睡一大覺，口中還喃喃唸著——大地是你植根的方室……。不久，就在紛亂中趨於寧靜，從語無倫次中趨於空白。

移民潮中的一朵黑領結

王姑爹是那種在台北街頭隨處可見的那種人，如果從轎車出來，你會猜他是司機；如果從巷口突然冒出來，或許是拉你去看場小電影的那類人物；從你後面撞你一下，你可得抓緊皮包躲開，謹防損失。

王姑爹和王姑媽養了一群小孩，過了一段頗艱辛的日子，就隨著那次移民巴西的人潮去了巴西。

喝不慣巴西的咖啡？還是跳不動森巴舞？或者被那隨時會叮咬大腿背脊的小蟲整得難以成眠？不久，王姑爹一家又向北遷移，來到了美國的南端。

第一次見到這對愛移動住所的夫妻是在他們休士頓的別墅，從外觀而言，他們是過得頗舒適了，王姑媽那一襲睡袍，繡著精細的花，慵懶的口吻：

今天沒打牌，勞碌命喲，在家休息兩天。

他們在休士頓開了一家中國餐館，據巴西王說，如果不必天天開業那就表示經濟情況很好了。一般在休士頓見到中國人所經營的店面是連所有假日都不敢休息的。

王姑爹的住所很大，前面有一片草坪像公園，屋後也種著樹，養了一條通人性的大狼狗。

王姑爹會淡淡的聊起里約熱內盧的嘉年華會，那些裸露著半截褐色肌膚的男女，瘋狂底跳著像呻吟哀傷的亞馬遜河的舞步，還有那些戴著有殘餘印加文化色彩恐怖面具的舞者，對那些乾燥燠熱的一切事物，他似乎猶有餘悸。王姑媽愛談起現在的台灣，雖然不再有時間回到這個曾經有過一段不好混日子的地方，但是言語間總愛說：

就是回去，也競爭不過年輕人了。只有去那兒養老，打打麻將。

至於美國嘛，話題也都是老套，兒子如何和外國主管相處，年薪又多少啦，女兒嫁給了誰，今年還沒換新車啦，堂叔的兒子還沒弄到綠卡，兩夫妻到處打工啦，話語中像是在述說一些和自己生活有密切關係，卻又是茶餘飯後一些可有可無的事。

還是留學生好——王姑媽對我說：有一技之長，畢了業找工作簡單，比移民來的人好多了。

離開別墅時，王姑媽還一再吩咐要我明天去她的中國餐館吃一餐，我以爲是客氣話，巴西王說：

我姑媽遇到討厭的人連看都不看一眼，今天和你講這麼多話，又叫你小李，小李，你明天一定要去吃一餐。

爲了這一餐，我慢了一天離開休士頓，正好就是一九七九年的最後一天，各地都熱烈底想把不景氣的一九七九年給送走，迎來一個嶄新的，卻不一定有好轉的一九八〇年。

我們從餐廳的後門進去，那表示是來白吃的。

王姑媽頭上紮了一個塑膠頭巾，兩隻手飛快底切牛肉，王大姊也忙碌的作蝦球，王家女婿正在盤子上擺一些裝飾用的花花草草，整個廚房的畫面有令人喘不過氣來的快速和動盪。王小弟進來端盤子，顯然外面生意還不錯。

你們前面坐。王姑媽頭也不抬，刀子落下如雨點，眞擔心她的手指。

昨天那份慵懶閒散都不見了，完全變了一個人。

姑爹呢？巴西王問，探頭看了一眼油鍋內的金黃色春捲。

在前面招呼客人。王姑媽說著，又指揮王大姊炸春捲，叫王小弟送這送那，完全是備戰狀態。

我有一種來得不是時候的感覺。

穿過廚房，到了餐廳，看到王姑爹。

潔白的上衣，黑色長褲，更重要的是脖子上紮了一個黑色大領結，王姑爹也變了一個人，他用不很順暢的英語招呼客人，那英語猛一聽像山東話，還有大蒜味。

餐廳的佈置中西合璧，菜倒是很台灣的，那些老外都愛點一碗酸辣湯，一碟炸水餃，番茄豆腐湯，像坐在台灣某一個巷弄街尾的麵攤前，我們也點了這些東西。

忽然一聲巨響。在碟子打碎的清脆聲後，是一地的春捲，王小弟蹲下去撿，似乎還很燙。

王姑爹立刻向那個美國老婦人道歉，同時喊著再補一碟春捲，若無其事的轉問我們：

酸辣湯不錯吧，這附近僅此一家，別無分號。

我看著王小弟迅速進去，又端著碟子出來，也許還是原來那一碟。

王姑爹周旋在客人間，就像他脖子上所紮的黑蝴蝶飛旋在奇花異草中，不免會想起一百七十年前，第一批華工也是從巴西的里約熱內盧踏上了美洲新大陸！這是一條沾滿血淚的軌道。如果不是連年的戰禍使民不聊生，何以中國人要取代美洲黑奴像豬仔一樣被販賣？何以中國要被白人視爲黃禍而驅逐？一百多年前的華工當廚師和傭工的人很多，一百多年後的今天，中國人還是要藉滿足洋人的食慾而生存—

——雖然過著比較富裕的生活，在我的感覺上是一樣的。

告別餐廳時，還依稀可見那隻黑蝴蝶在美洲大陸的某個小角落的小屋子內飛呀飛的，不知道何年何月何日才終止？

我在休士頓孵豆芽

一九七九年十二月二十二日的零時零分我搭上灰狗巴士從紐約的水牛城（Buffalo）出發，一路上停停走走，日夜顛倒不分，經過俄亥俄州的克利夫蘭、芝加哥，跨過密西西比河到聖路易（S. Louis），從平原逐漸進入起伏的丘陵地帶，然後到奧克拉荷馬州的土耳沙（Tulsa），橫跨紅河（red river）進入德州，經過達拉斯（Dallas）、維口（Waco），看到了一所M&A大學，在十二月二十三日晚上九點到達休士頓（Houston），一共花了四十五個小時。

休士頓是一個靠近墨西哥灣的新興都市，給人的第一印象是朝氣蓬勃，卻又有些自大狂。像是一個因土地增值而突然獲暴利的土財主，緬懷過去保守的傳統，又急於向別人誇耀他的財富和遠景。高速公路規畫得很整齊，有內外兩環，轎車似乎特別大，但是放在寬闊的公路上卻不顯得擁擠，這就是它值得向人炫耀的地方吧？

我住在一位朋友家，他原來唸的是太空工程，拿了碩士以後和太太經營了一家豆芽店，孵豆芽的全套技術是「留學」台灣才學到的，他寧願捨棄太空工程而去孵豆芽，大概是孵豆芽比太空工程還更是「新興」的行業吧，在新興的都市中，新興的行業總是比較吃香。

他的豆芽店雇用了一位墨西哥人，就像越南人一樣，在這兒是爲數不少的少數民族，據說這些墨西哥人在墨西哥太窮了，便偷渡美國國境來打工，抓到了遣送回去，把工錢交給一家老小，伺機再偷渡美國打打零工，中國人喜歡用他們，除了「同是天涯淪落人」的心情外，工資可低於政府規定的最低工資才是重要原因，這也算是休士頓的特色之一。

來休士頓不是抱著觀光的心理，所以第二天開始，就隨著友人載著一包包剛洗好的黃豆芽到一些中國餐館去送貨，當我們從後門進廚房送貨時，那些中國廚師會抓起豆芽挑三揀四的說：Not good.然後一副吃虧上當的模樣掏出錢，唉——這就是中國人對付中國人的那一套，在休士頓也是一樣。

聖誕夜，在一家中國餐館吃了一頓很奢侈的飯，然後到一家叫Gallaria的購物中心閒逛，老美都團圓去了，剩下小貓三、兩隻，除了我之外，其他閒逛的有伊朗人、還有墨西哥人，可憐的異鄉客呀。我一向對購物沒興趣，東摸摸西碰碰，早就忘了裡面到底賣些什麼玩意兒。

聖誕節，我們開車到離休士頓不遠的一個叫加爾維斯敦（Galveston）的小島上釣魚，釣了半天，沒有釣到一隻，反而讓釣竿給風刮跑了。只好向附近的漁民討了兩隻魚，趁著夕陽的餘暉拍下一臉虛僞的笑容。面對著墨西哥灣，我老是想到屬於我們自己的巴士海峽，勾起我在基隆港看海的心緒。

除了窩在友人家替他修理屋頂、重新建造一個豆芽工廠的排水系統外，一直沒什麼玩的興致。算是給自己「交代」吧，我「終於」去了美國國家航空太空總署（簡稱NASA）參觀，這是到休士頓來玩的人所必去之地。除了很完備的資料和實物介紹外，只要你肯在簽名簿上留下姓名地址，太空總署將一直把最新的太空發展圖片和資料供應給你。我簽了名，留了地址，回台灣以後半年，果然又收到太空總署寄來的最新資料、圖片，我不得不佩服他們對這件事情的認眞態度和對自己科技介紹不惜花下巨額經費的魄力。這方面，我們太差啦。從NASA出來後，開車往南行，毫無目的的走著，發現了一個湖，叫Clear Lake就停下來，將自己的羞愧浸在湖水裡泡泡，心裡舒坦多了。

剩下的幾天，我參觀了一間相當具規模的運動場，叫Astodome，大概因爲有個圓頂，像飛機身上給領航員觀測星象用的透明圓頂而得名，休士頓的人很以這個聞名的運動場爲傲。由於它的巨大，在很遠的公路上都可以看到這個具有標幟作用的建築物。

然後我又去萊斯大學（Rice University）、休士頓大學逛了一圈，一場大雨過後天氣轉冷了，校園被落葉覆蓋著，看不到學生。回到友人家中，蹲在地板上看電視，是喬治．史考特的Peptoleur，一直到很晚，然後就失眠了，乾脆起身整理行囊，準備離開此地。

一九七九年的最後一天，友人的姑媽請我去她經營的一家頗具規模的中國餐館吃晚餐，算是在休士頓的最後一餐，非常中國化——酸辣湯、炸水餃、三菜一湯，他們一家人全都動員，廚師、跑堂、會計都是自己人，中國人永遠只相信自己的家族吧？他們的生意非常好，所以也敢有休假日了。我聽他們的話題總是離不開麻將、兒子如何和外國主管相處、年薪多少、女兒嫁給誰啦、今年是否換車啦，堂叔的兒子還沒弄到綠卡啦、誰又到處打工啦……一邊聊著，幾雙手還飛快地切肉、炸蝦球、擺花飾、端盤子，我不禁想起一百多年前踏上美洲大陸的華工當廚師和傭工的人最多，一百多年後的今天，華人還是要藉著滿足洋人的食慾而生存，這又意味著什麼呢？

一月一日凌晨二點，當休士頓的人才剛剛把不景氣的一九七九年送走，興高采烈的接來了一九八〇年，我用一個大袋子裝了些牛奶、麵包，推著行李箱走向巴士站，告別了這個城市，繼續往西行。

大雪映亮了我的雙眼

1

在一次像出軌般的撞擊中，我摸著鮮血直濺的額頭爬出半毀的車子；我知道自己必不能被摧毀於他鄉，也深信這樣的撞擊使我更堅硬。

只是我不忍自己的血，被異國陌生的土質吸乾，我必要豐盈地回去，縱然額頭有外國醫生的縫痕，也不過像一條彎曲而微笑的多足綱，向我的朋友說聲洋味十足的——

哈囉！
就這樣，從來沒有畏懼死亡，因爲死亡不會在我踏上自己的國土
前來到。
我必信，異國陌生的土能吸我的汗和血，卻埋葬不了我的骨。

2

我曾於美洲大陸最南端的小島上
釣魚。一整個下午，漫長的下午。
一條魚也沒釣到，只撈了一網墨西哥灣的
夕陽餘暉。

魚兒呀魚兒，你順著大西洋游過太平洋，
到了巴士海峽我們再見，
那裡才是我的家，也是一個
小島。

3

莫要羨慕我披著圍巾，夾著書，穿著長統靴子
行過白雪覆蓋的鐘樓，瀟灑地像一位
年輕而博學的詩人。
那時的我，因思念而
蒼白貧血

每當鐘聲響起，
我便甩了圍巾丟了書踢了靴子，
控訴自己的虛榮與懦弱。
我願立刻撕去那薄薄而閃亮的外衣，
抖落上面的積雪，再看看腕錶上的日期，
什麼時候該打點行李訂機票了。

4

當校園積雪盈尺時，那盲人又出現了。
盲人走在茫茫的雪地中，用枴杖點出
前行的道路。

他那沉重的鞋，一步一坑地落在他的
身後。
我也曾是盲者，辨不清自己的路，
在異國的一場大雪紛飛中，
映亮了我的雙眼。
我終於看到了自己的前路，也不嘆息那曾
一步一坑地落在身後的錯誤。
凡是做過的必無悔恨，則必有恩典。

5

你的最後一封信上貼滿了國旗圖案的

一元郵票十二張。你說，
看見一片旗海了嗎？時候到了。
島上有污染，也有落後和缺失，
那並未使我裹足不回。
我默默告別了友人，打點行李，
勇敢地上了返鄉的飛機，
因著我所愛的人和土地，
讓誤解和譏笑來鞭撻我，而無
痛楚　就如同
曾行過大雪而了無
寒意
如今我已騰雲駕霧向著朝陽

天地也爲之一開，黑夜已隱去
就是有亂流竄奔
我只向前方瞻望，不再徬徨。

情人的淚，點點如蜜

一九八〇年一月五日，距離我們重逢還有四天，在一場混亂而不著邊際的夢中驚醒，才發現自己正躺在一個洛杉磯傳道人的家中。這一家人正從多雪的北部旅行歸來，依然沉睡在異國的天空下，我輕輕收拾著棉被、枕頭，把沙發歸成原位，就推門出去了。

昨夜是這個教會的退休會第一天，我曾孤獨的靠在教堂的窗下，聽著裡面的傳道人講道，一個年輕的中國女孩用流利的英語迅速翻譯著，在那一唱一和中，我自甘是一個被棄而無助的羔羊。

當那尖嘶的哭嚎從信徒中陡然高升時，我覺得全人類都失去了自我，像在黑暗中一閃即逝的流螢。我懷疑，在洛杉磯，一個傳教人眞比一個信徒快樂？一個信徒眞比一個非教徒快樂？

明天就要上飛機了，這個令我厭倦的美國，讓愛她的人留下來，繼續用英語傳教吧，而我得回去了。我眉間那道縫了八、九針的傷痕已模糊了，相逢時，你將會看到一個全然無恙的我。

在機場揮別了美國登上機門，機門外有人哭，有人笑，有人圍著花圈依依不捨，我很平靜，幾乎是一點波動也沒有的上了飛機。飛機在一片迷惘的燈海中起飛，飛向了你，過了這一個夜，就只剩兩天了。

臨走前，遇到了洪哥哥，他在我面前一再說你是一個如何堅強善良的女孩，說起你在大學時代的一切，從他們夫妻對待我的熱情，可以知道你在他們心目中的地位。這使我發現自己將如何更努力才得以迎頭趕上我現擁有的和你的夫妻關係，當別人讚美你時，我不曾替你謙虛過，我總是再補充一、兩點更證實對方讚賞的不足，你使我驕傲。

送別的野宴上，那位可以用很流利英語傳道的中國女孩希望我和她一起禱告，從此成爲基督徒。我很坦白的向她解釋，我不會在自己面臨一個重大抉擇時改變信仰，唯一能使我在歡愉而充滿感謝的心情下自然成爲基督徒的，只有我那在島上候著我的妻子。

飛機盤旋在一片澄藍色燈火的洛杉磯上空時，腦中想著傳道人所說那種聖靈突來的奇妙感覺，而此刻用何等清明開闊的心，在逐漸和你接近的航空中自我期許。

七日的清晨，五點二十分到達阿拉斯加，被很濃的寒意圍困著，我在免稅商店買了最貴的煙和酒，然後想給你選一樣禮物，可是不知道買什麼。記憶中你從沒想要過什麼。你總是把一些別人認爲昂貴的飾物到處放，沒有任何高貴的東西能引起你的憐愛和珍惜，你那母親留下的珠寶箱內放的都是當年我隨手寫給你的留言條和一些亂塗的漫畫，一直到上了飛機，我仍然沒買你的禮物。

飛機再起飛後，面對著四周冗長的黑夜，和隱約可見阿拉斯加的殘雪，在紙上寫著：

爲了被愛
可以流血至乾涸
因著我所愛的人
被鞭撻而不痛楚
如同我行過丈餘的雪而了無寒意

寫完了這幾行字，買了兩瓶法國香水，算是給你的禮物，當然，你一定又會轉送他人，可是原諒我不懂得如何選擇一樣適當的禮物給我久別重逢的妻子。

我的心情開始波動，因爲和你見面的時間越來越近了。看看錶：一月八日上午八點二十分，在下午的桃園國際機場，你一定擠在接機人群的最前方向我招手，你那嬌小的身軀將會挺立得像一座巨大的山迎著我。我開始想著那段王大空寫的歌詞，我們過去很愛合唱的〈人生如蜜〉：

是喜悅，不是悲悽，
爲了重逢，強忍分離。
情人的淚，點點如蜜。

人生甜如蜜。

你經常告訴我，你離不開我，就是偶爾一次的遲歸也令你疑神疑鬼，因爲你說在一起太幸福了，怕遭天妒。或許就是不相信人生眞能一直像蜜一般甜下去的緣故吧。

我閉不上眼。想著分離的這段日子，自己在桌上寫的：

The more you love, the harder you fight!

原一直記著你在信上的那句話，你就希望你所愛的人除了能成爲你的庇蔭外，還能讓更多人享受到他的庇蔭。爲了這句話，在寂寞而痛苦的夜裡，我幻想著自己成爲枝葉繁茂的大榕樹。

過了風雪籠罩的漢城，台北就近了。

想起在漢城機場那一群中國人正聊著對台灣的思念，又放不下在美國的工作，聊著永和的豆漿，又忘不了加州的紅葡萄酒，他們那種對黑人的歧視，又免不了想吹噓自己的先生是白種人——，那一刻，我內心充滿了對人生的倦意，我急著想見到你，我得重新給自己充電！

那種低潮開始迅速侵蝕我，到了台北上空，豆大的雨點在窗前滑過，很多人用國語說——台北正下著大雨。

入關時，有人在我皮箱中搜出了一大疊編著號碼的信，他們特別懷疑著這疊信。我說，這些是我妻子的情書，一天一封，按著日期一天也不少，不信的話，點一點。那位稽查員翻了翻，不知從何看起，我的秩序並非是他的習慣，於是他還給我，我用原先的毛巾包了起來，放回箱子。

就這樣，我拖著這隻藏著你一大包情書的箱子，從海關檢查口出來，一直走到出口，於是我看到了你。你又瘦又憔悴，向我招手，你笑著，眼眶中的淚水轉啊轉的。你跑上前來，抬頭看著我。我只傻愣愣的對你「嗯」了一聲，像剛下課回來那樣輕鬆，我拍拍你瘦削的肩膀，你還是一直笑，那淚兒一直快笑出來，上前攬住我的手。我依然訴說回來時的見聞，像我平日和你談著醫學院和那些雞毛蒜皮的小事一般，彷彿不曾有過分離。

大雨裡，我們在奔向家的計程車中，你抓緊我的手，仍然傻傻底望著我說，你回來了，只是淚兒還在打轉。

不要再輕易分離了。你說。

我點點頭，人生不可能真的像蜜一般甜下去，所以輕言分離對生命是一種浪擲。

我回來了。只要你明白我是爲何回來的，又何必向那些嚮往新大陸的人多費唇舌呢？就像當我拿出我在系上的考試成績給你看時，你總是笑著說，不必啦，你當然是拿高分的給我看囉。

我很快又面對了新的現實，你安排了我每天晚上開夜車時各種不同的消夜，就如同我安排自己的讀書、運動和寫作時間一樣，我們不會對這個抉擇後悔的。

國立中央圖書館出版品預行編目資料：

在蘋果樹下躲雨：麥當勞隨筆／小野著. --二版. --臺北市：遠流, 1997 [民86]
面； 公分. --(風格館.風格櫥窗) (小野作品；1)
ISBN 957-32-3199-9 (平裝)

855 86002344